精神科醫生
Yu Yuuki
監修・協助執筆
汐街可奈 著
（kona）

雖然痛苦到想死卻無法辭職的理由

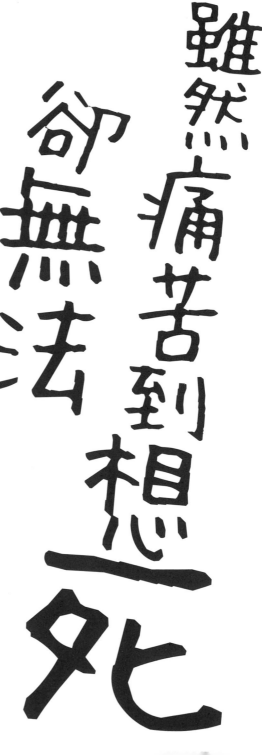

我曾經因為工作過度而差點自殺。

而且我原先根本沒有這種尋死的念頭。

當時，我每個月大約加班90～100小時，
在公司裡已經算是很少的了。
每天晚上都是用跑的衝進末班電車。
呼—呼—
幸好今天也趕上了。
我從來沒有「想死」的念頭。可是——
※叭—
!!
在四下無人的地下鐵車站，我突然察覺了。
「只要現在踏出一步，明天就不必去公司了！」
※靈光一閃
!!!

一步，
只要一步，
只要踏出這一步，
明天就不必去公司了!?
喔喔喔喔喔喔
喔喔喔喔喔!!!
這感覺起來像是個很棒的主意。
一步，
只要踏出這一步，
撲通
撲通
只要這麼做，
撲通
就再也…
不必…
撲通…
噗咻——

砰
喀噹
喀
喀噹
噹
我…
剛才…
喀噹
喀噹
在想什麼…
※後來，我拼命去找其他工作。
而且順利轉行了。
當我們聽到過勞自殺的新聞時，
死了的話一切就結束了。
辭掉工作又不會怎樣。
「與其尋死，不如辭掉工作算了。」
這麼想的人應該很多吧！
不過——
被留下的家人和朋友……
這樣就再也看不到動畫和漫畫的續集了耶？
讓人連這種程度的判斷力都會失去，
這就是血汗企業的可怕之處。
打個比方，
好痛！

假設某人走在
兩側都是懸崖的
狹窄道路上，
又絆倒了。
痛死了……
這條路
凹凸不平，
又是坡道……
有點難走。
一路上，
有許多
岔路和門。
打工度假
曉班
睡覺
離職
轉行
請假
當人們
還健康的時候，
看得見它們。
這條路
太難走了，
不知道那條路
怎麼樣？
左顧
右盼
可是，
唔—
轉行
現在辭職，
我找得到
更好的工作嗎？

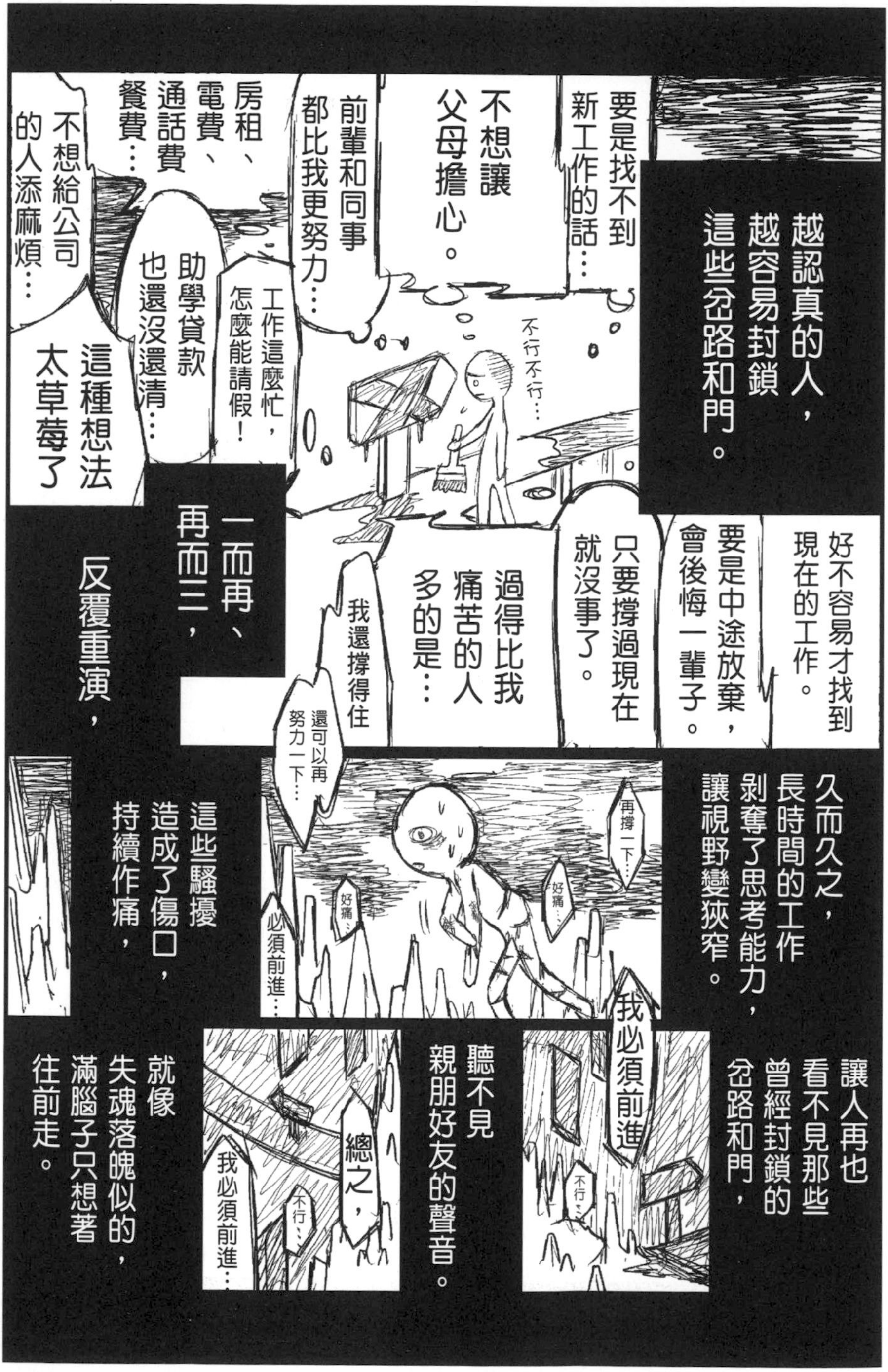
越認真的人，越容易封鎖這些岔路和門。
要是找不到新工作的話……
不想讓父母擔心。
前輩和同事都比我更努力……
工作這麼忙，怎麼能請假！
不行不行……
房租、電費、通話費、餐費……
助學貸款也還沒還清……
不想給公司的人添麻煩……
這種想法太草莓了
好不容易才找到現在的工作。
要是中途放棄，會後悔一輩子。
只要撐過現在就沒事了。
過得比我痛苦的人多的是……
我還撐得住
還可以再努力一下……
一而再、再而三，
反覆重演，
久而久之，長時間的工作剝奪了思考能力，讓視野變狹窄。
再撐一下……
好痛……
好痛……
必須前進……
這些騷擾造成了傷口，持續作痛，
讓人再也看不見那些曾經封鎖的岔路和門，
我必須前進
不行……
聽不見親朋好友的聲音。
總之，
不行……
我必須前進……
就像失魂落魄似的，滿腦子只想著往前走。

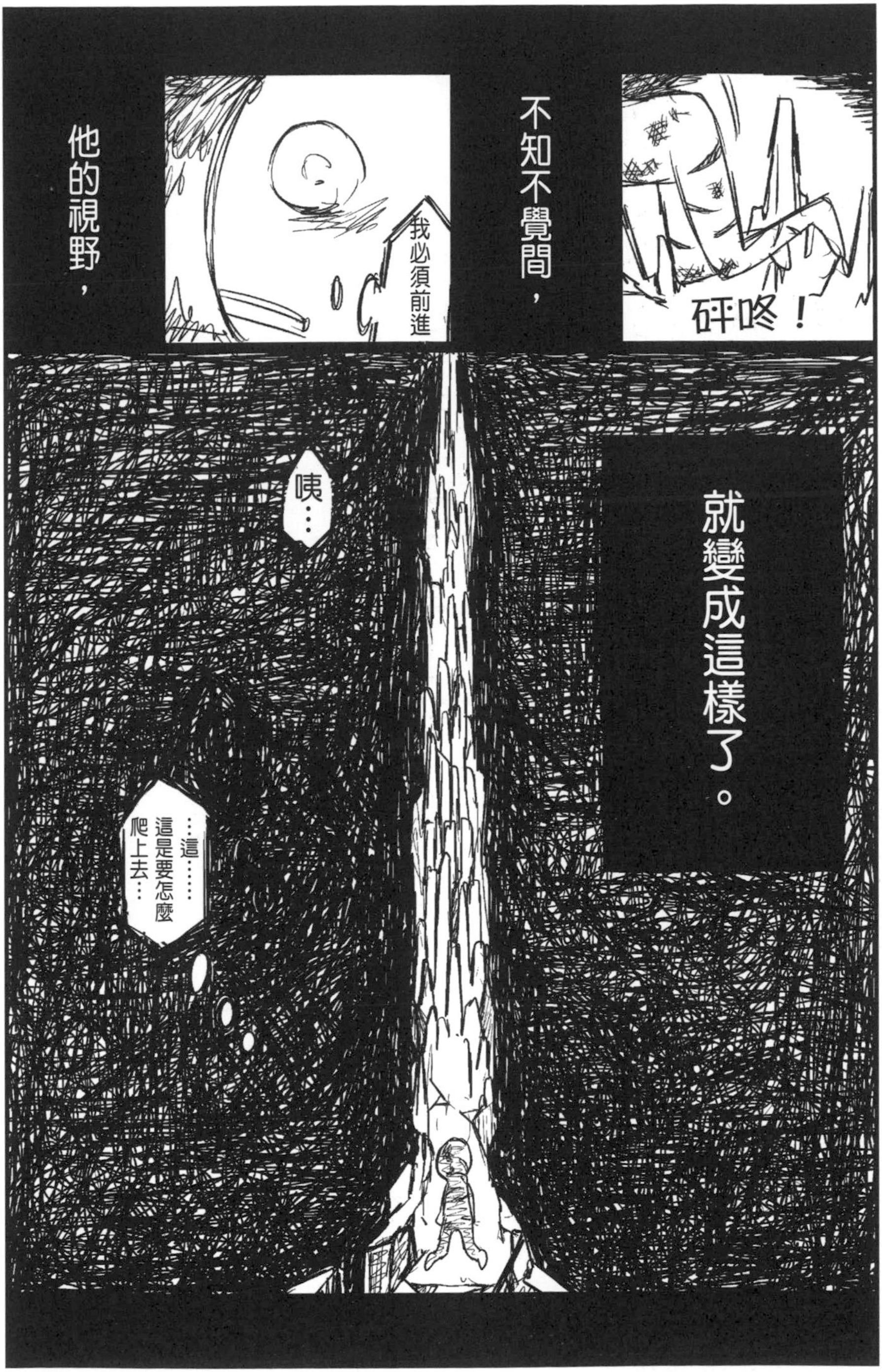
砰咚！
不知不覺間，
我必須前進
他的視野，
就變成這樣了。
咦……
……這……
這是要怎麼
爬上去……

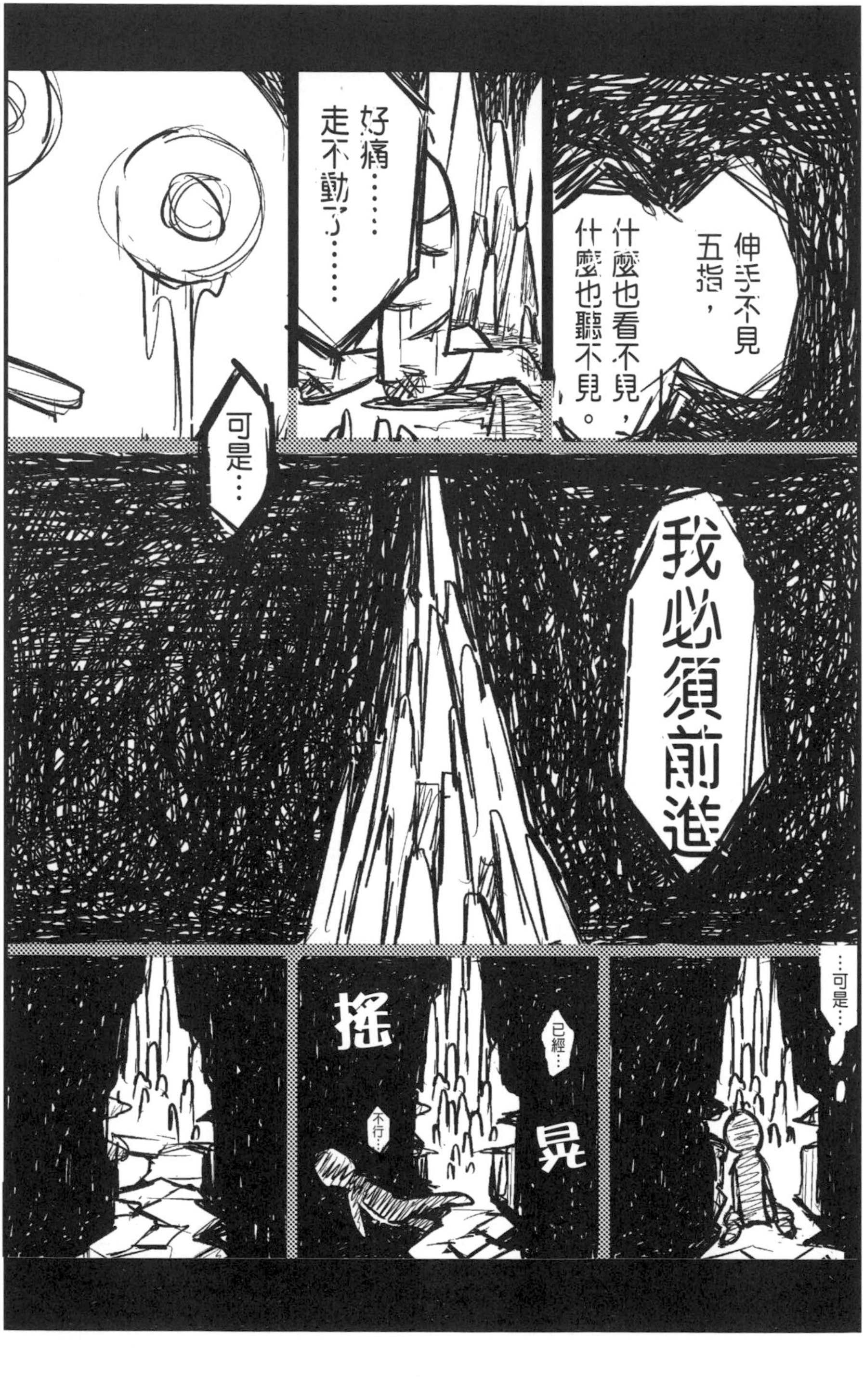
伸手不見五指，
什麼也看不見，
什麼也聽不見。
好痛……
走不動了……
可是…
我必須前進
…可是…
已經…
搖
晃
不行…

像這樣，
如果不趁著「還撐得住」的時候下判斷，
就會失去判斷的能力。

現在閱讀本書的您，
仍處於「還撐得住」的狀態，
還擁有判斷的能力。
這本書是為了不讓未來的您，或是您的親朋好友
從「還撐得住」變成「不行了……」
而寫下的。

現在忙得沒時間讀書的人，
或是認為「與我無關」
而打算闔上這本書的人，
如果以後，
您覺得自己的狀況很糟糕，
請別忘記以下這句話。

很寬廣的。

世界其實是

告訴我！Yuuki醫生Q&A

第1章

為什麼要努力到想死的地步？

現在來說說我的故事。
回頭想想，
我為什麼會工作到險些跳軌自殺的地步？
理由很多，但一言以蔽之，
「因為我覺得自己還撐得下去。」
就是這句話。
我，沒問題的！
周圍的人也都是加班到深夜，所以我一直以為「本來就該這樣」。
深夜
喀嘰
喀嘰
我先走了。
雖然有點頭暈想吐，但是還不到需要請假的地步…
輕微的身體不適倒是有。
健康狀況也沒有出現決定性的問題。
即使在青春期，我也從未有過「想死」的念頭，
完全搞不懂自殺的人在想什麼。
死了能改變什麼？
完全沒想過過勞死的可能性。

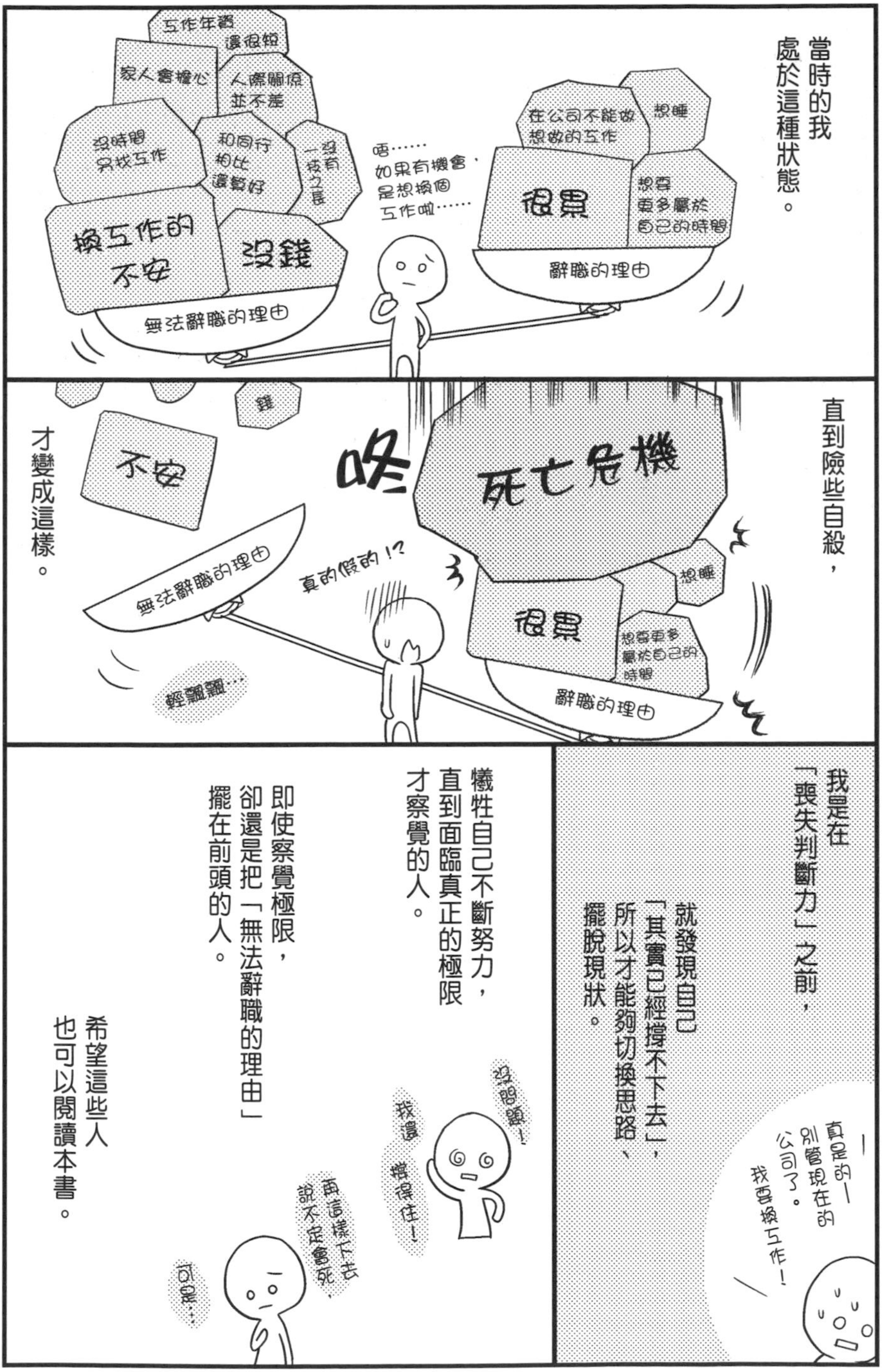
當時的我處於這種狀態。
想睡
在公司不能做想做的工作
很累
想要更多屬於自己的時間
辭職的理由
唔……如果有機會，是想換個工作啦……
工作年資還很短
家人會擔心
人際關係並不差
沒時間另找工作
和同行相比還算好
沒有一技之長
換工作的不安
沒錢
無法辭職的理由
直到險些自殺，
咚
死亡危機
想睡
很累
想要更多屬於自己的時間
辭職的理由
真的假的！？
錢
不安
無法辭職的理由
輕飄飄…
才變成這樣。
我是在「喪失判斷力」之前，
就發現自己「其實已經撐不下去」，所以才能夠切換思路、擺脫現狀。
真是的—別管現在的公司了。我要換工作！
犧牲自己不斷努力，直到面臨真正的極限才察覺的人。
即使察覺極限，卻還是把「無法辭職的理由」擺在前頭的人。
沒問題！
我還撐得住！
再這樣下去說不定會死，
可是…
希望這些人也可以閱讀本書。

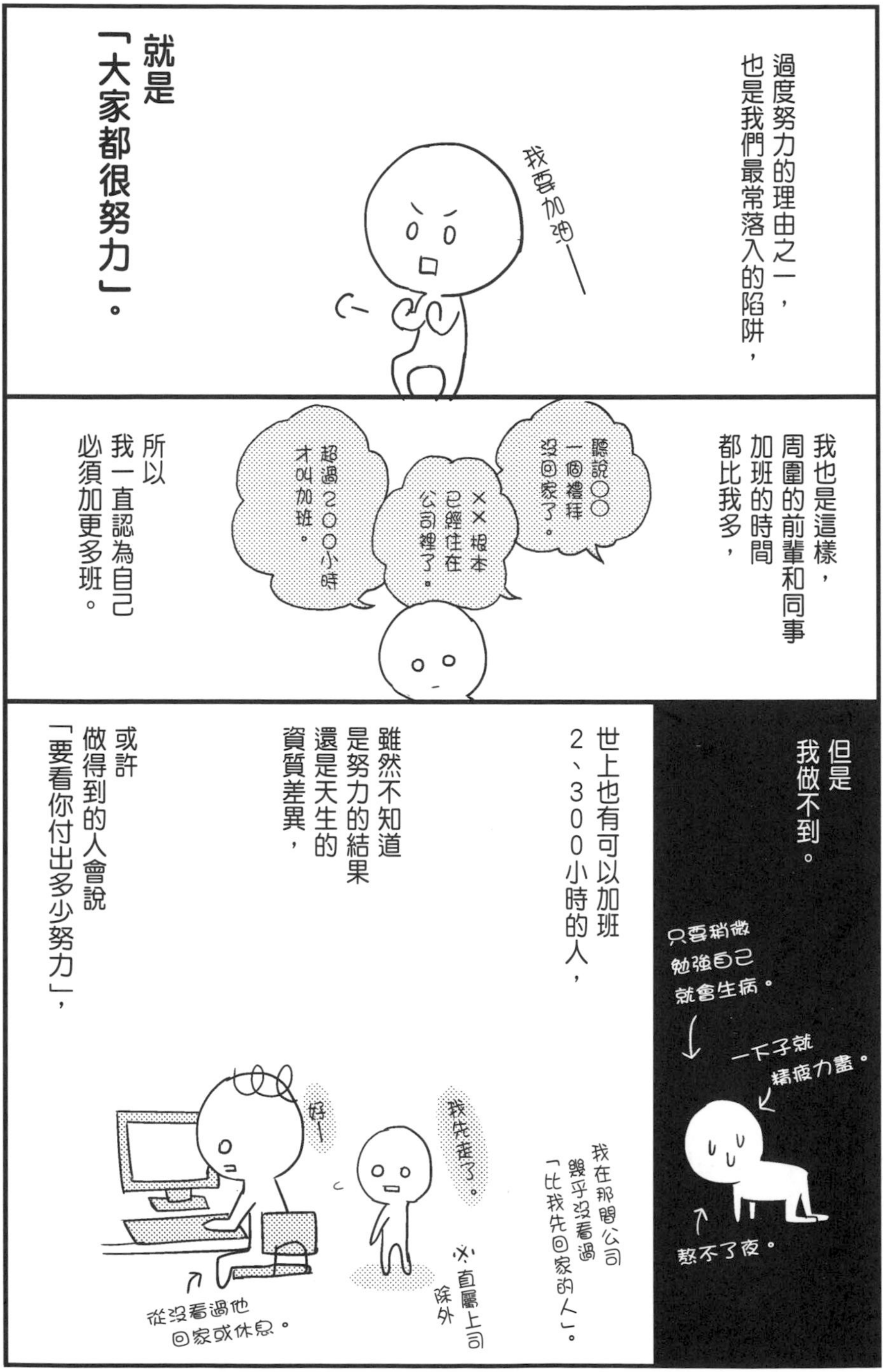
過度努力的理由之一，
也是我們最常落入的陷阱，
我要加油——
就是「大家都很努力」。
我也是這樣，
周圍的前輩和同事
加班的時間
都比我多，
聽說○○一個禮拜沒回家了。
××根本已經住在公司裡了。
超過200小時才叫加班。
所以
我一直認為自己
必須加更多班。
但是
我做不到。
只要稍微勉強自己就會生病。
一下子就精疲力盡。
熬不了夜。
世上也有可以加班
2、300小時的人，
雖然不知道
是努力的結果
還是天生的
資質差異，
或許
做得到的人會說
「要看你付出多少努力」，
我在那間公司幾乎沒看過「比我先回家的人」。
※直屬上司除外
我先走了。
好—
從沒看過他回家或休息。

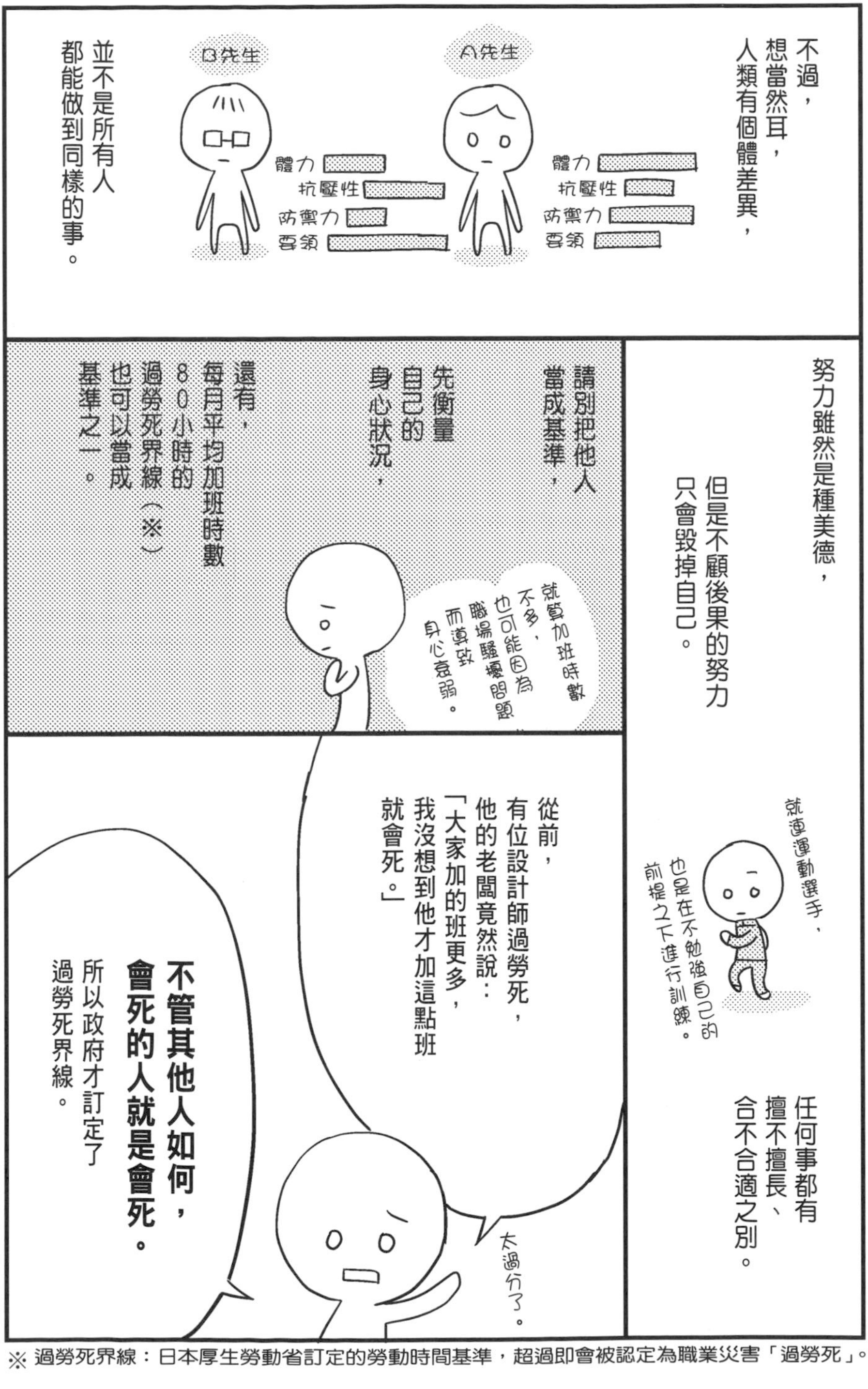

※ 過勞死界線：日本厚生勞動省訂定的勞動時間基準，超過即會被認定為職業災害「過勞死」。

「做不到」是因為不夠努力嗎？

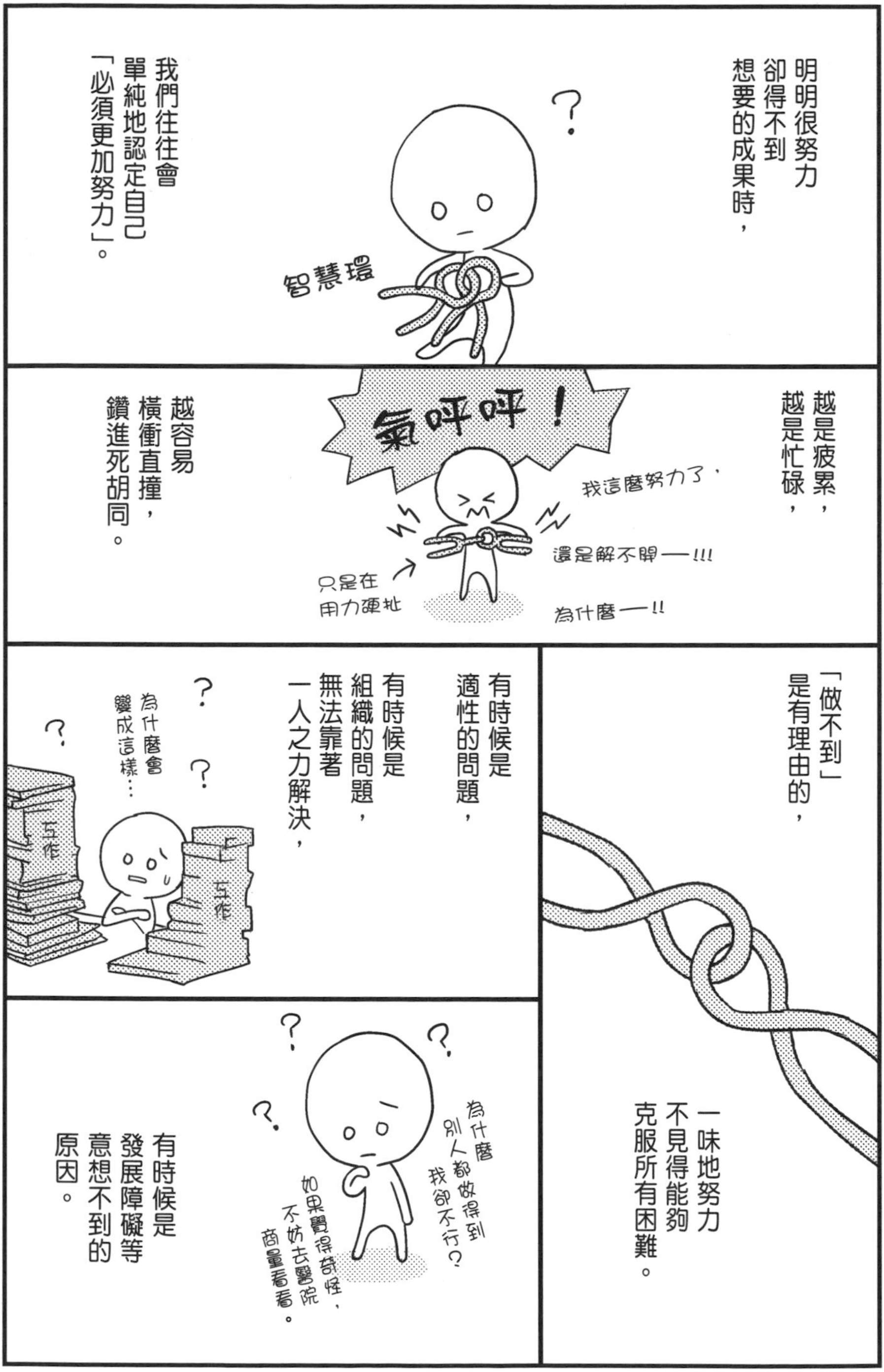

明明很努力
卻得不到
想要的成果時，
智慧環
我們往往會
單純地認定自己
「必須更加努力」。
越是疲累，
越是忙碌，
氣呼呼！
我這麼努力了，
還是解不開——!!!
為什麼——!!
只是在
用力硬扯
越容易
橫衝直撞，
鑽進死胡同。
「做不到」
是有理由的，
一味地努力
不見得能夠
克服所有困難。
有時候是
適性的問題，
有時候是
組織的問題，
無法靠著
一人之力解決，
為什麼會
變成這樣…
工作
工作
為什麼
別人都做得到
我卻不行？
如果覺得奇怪，
不妨去醫院
商量看看。
有時候是
發展障礙等
意想不到的
原因。

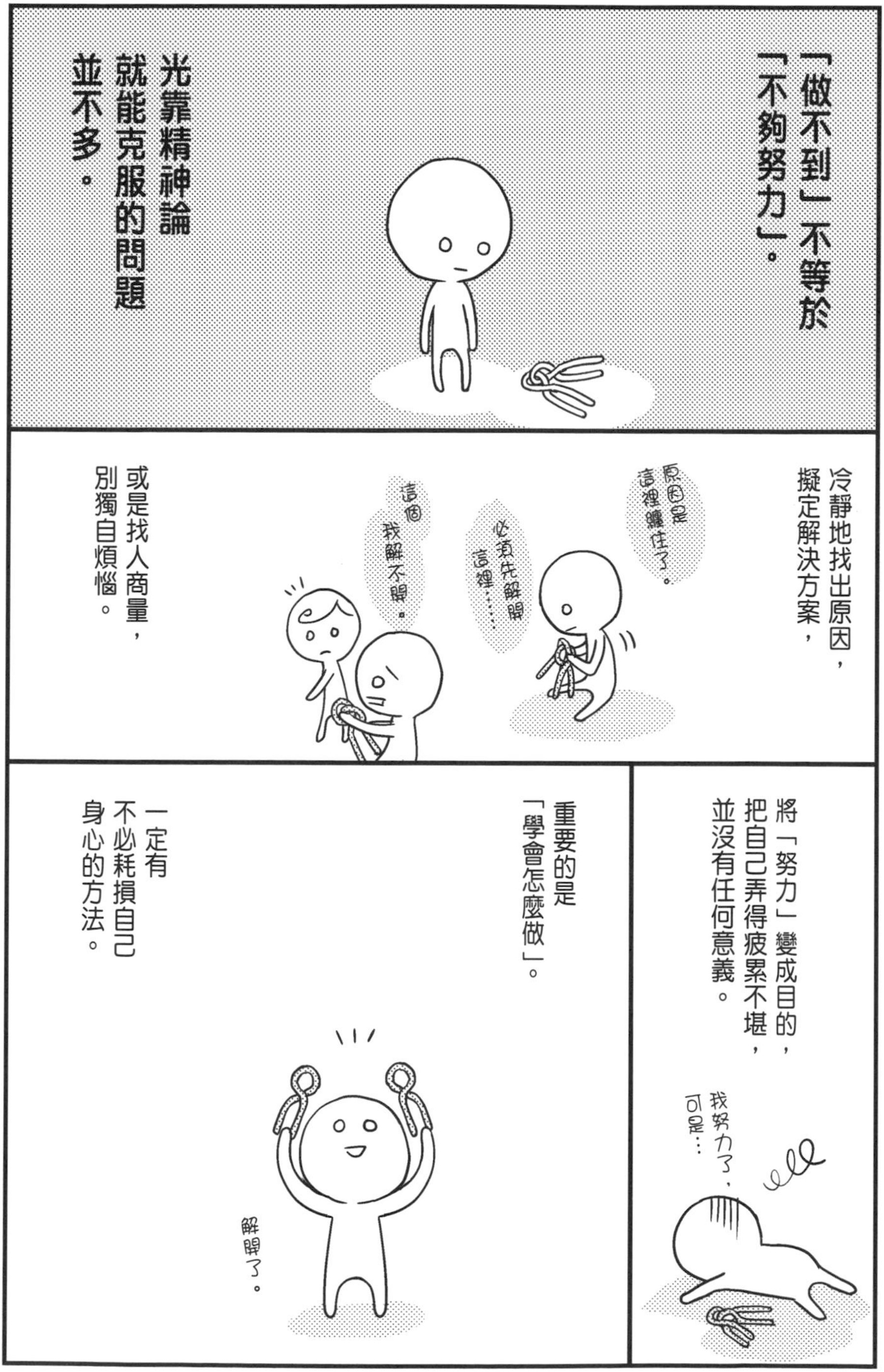
「做不到」不等於「不夠努力」。
光靠精神論就能克服的問題並不多。
冷靜地找出原因，擬定解決方案，
原因是這裡纏住了。
必須先解開這裡……
這個我解不開。
或是找人商量，別獨自煩惱。
將「努力」變成目的，把自己弄得疲累不堪，並沒有任何意義。
我努力了，可是…
重要的是「學會怎麼做」。
一定有不必耗損自己身心的方法。
解開了。

「努力」之路

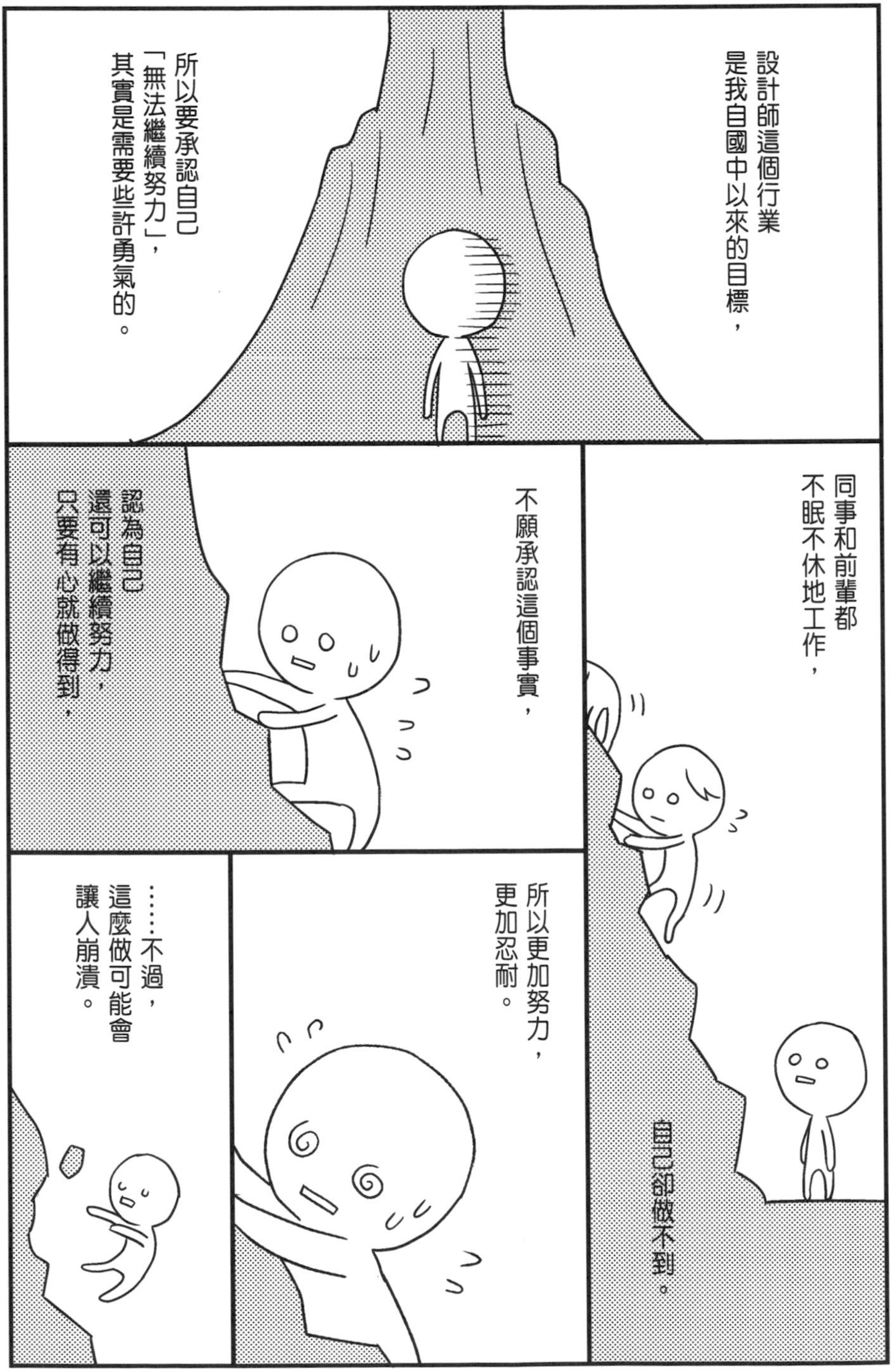
設計師這個行業
是我自國中以來的目標，
所以要承認自己
「無法繼續努力」，
其實是需要些許勇氣的。
同事和前輩都
不眠不休地工作，
自己卻做不到。
不願承認這個事實，
認為自己
還可以繼續努力，
只要有心就做得到，
所以更加努力，
更加忍耐。
……不過，
這麼做可能會
讓人崩潰。

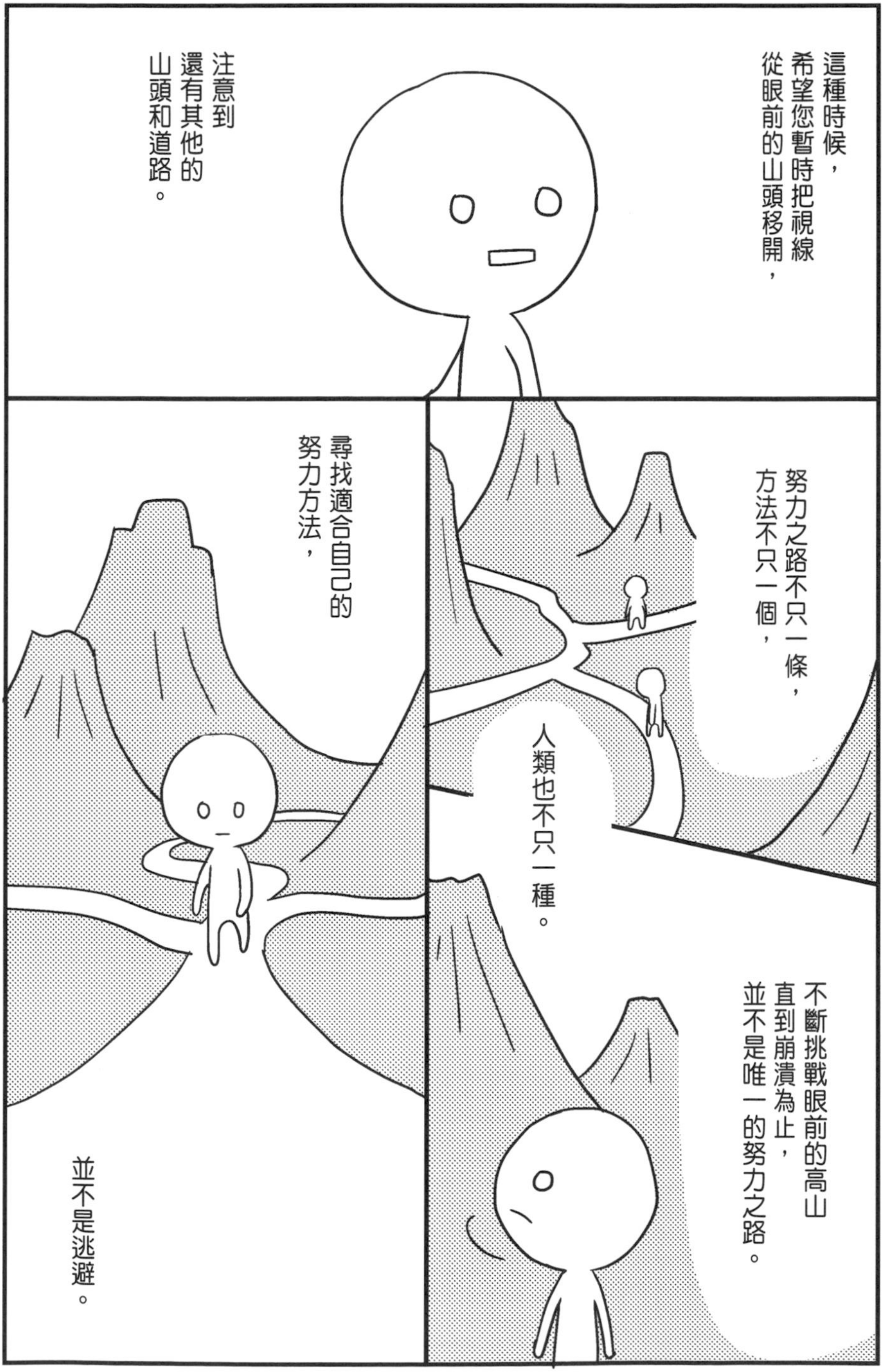
這種時候，
希望您暫時把視線
從眼前的山頭移開，
注意到
還有其他的
山頭和道路。
努力之路不只一條，
方法不只一個，
人類也不只一種。
不斷挑戰眼前的高山
直到崩潰為止，
並不是唯一的努力之路。
尋找適合自己的
努力方法，
並不是逃避。

因為喜歡，「所以」？

當時我的職銜是設計師，
「做的是喜歡的事，所以不眠不休地努力是應該的。」
身邊有許多人都是這麼想的。
做的是喜歡的事，所以不覺得辛苦！
我已經三天沒睡了！
我本來也是這麼想。
因為是「自己想做的工作」，
因為是「自己喜歡的工作」，
因為是「自己選擇的工作」，
所以努力是應該的，
所以長時間工作是應該的，
所以多忍耐點是應該的。
職權騷擾……
可是，
所以無論再怎麼痛苦都不逃避，是應該的。
我必須努力。
所以就算身體不舒服也不請假，是應該的。
快吐了……
所以即使超過忍耐極限還是繼續努力，是應該的。
……

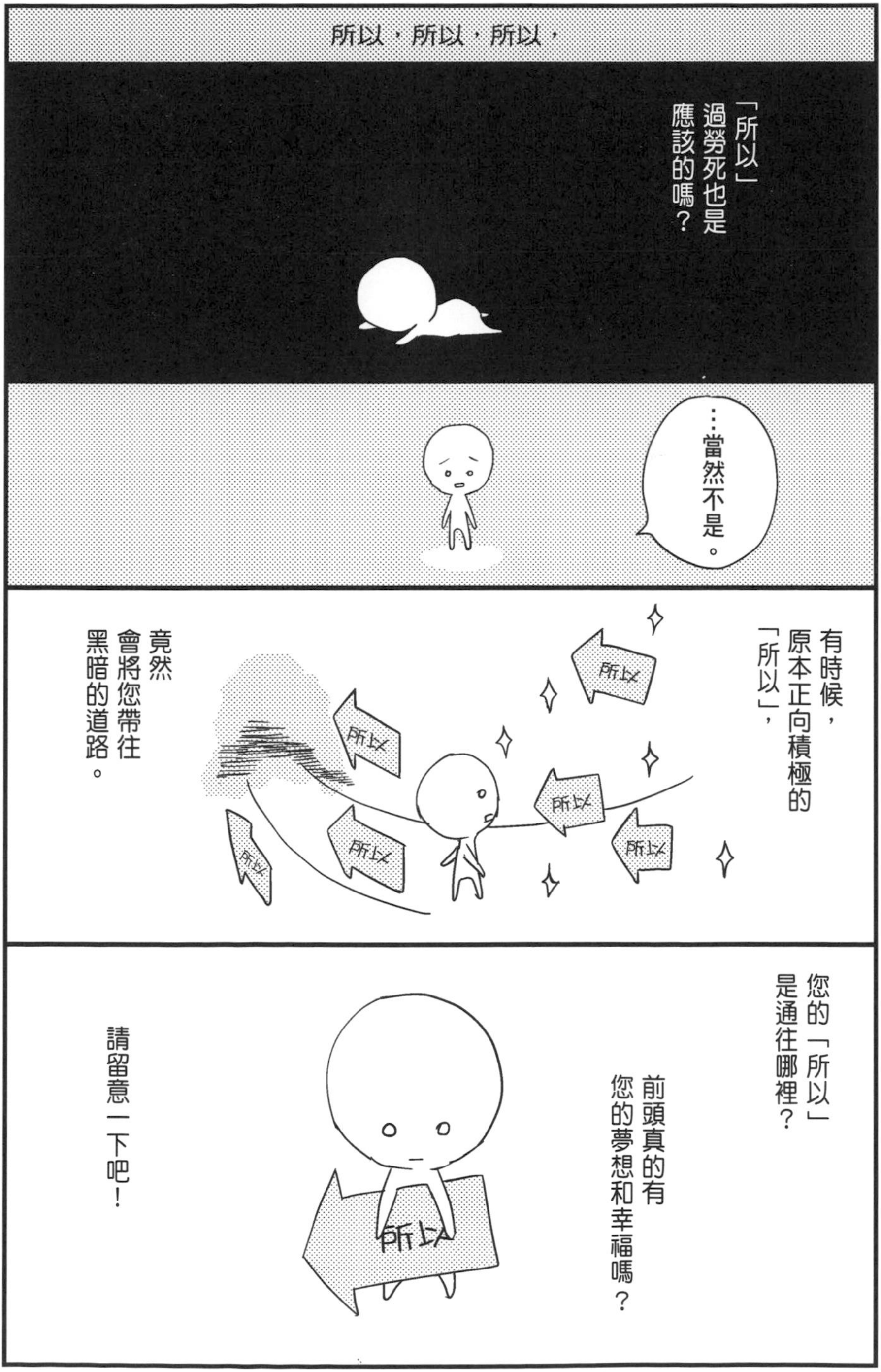
所以，所以，所以，
「所以」過勞死也是應該的嗎？
…當然不是。
有時候，原本正向積極的「所以」，
所以
竟然會將您帶往黑暗的道路。
您的「所以」是通往哪裡？
前頭真的有您的夢想和幸福嗎？
所以
請留意一下吧！

「過勞」是看不見的刀子

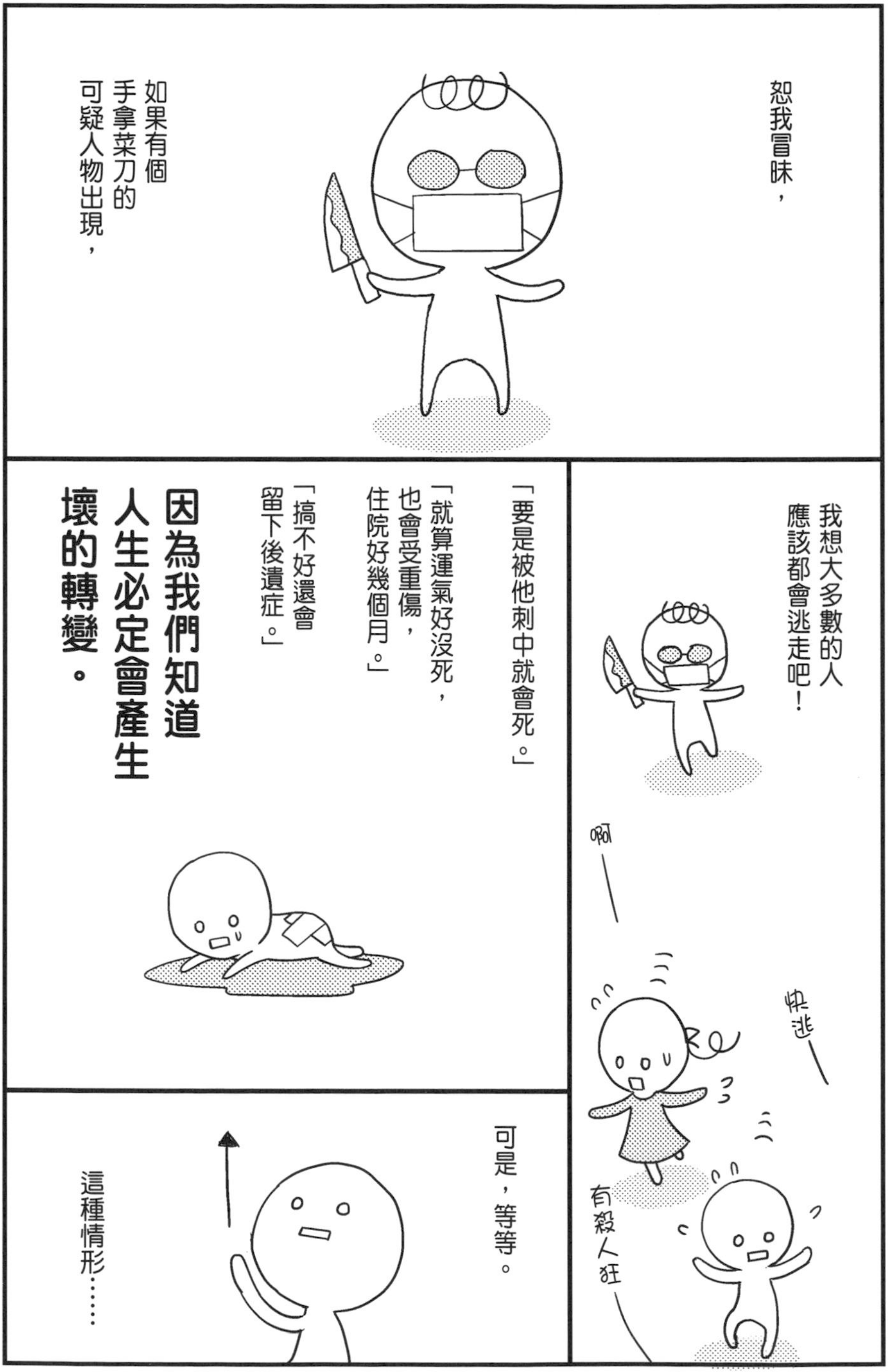
恕我冒昧，
如果有個手拿菜刀的可疑人物出現，
我想大多數的人應該都會逃走吧！
啊——
快逃——
有殺人狂——
「要是被他刺中就會死。」
「就算運氣好沒死，也會受重傷，住院好幾個月。」
「搞不好還會留下後遺症。」
因為我們知道人生必定會產生壞的轉變。
可是，等等。
這種情形……

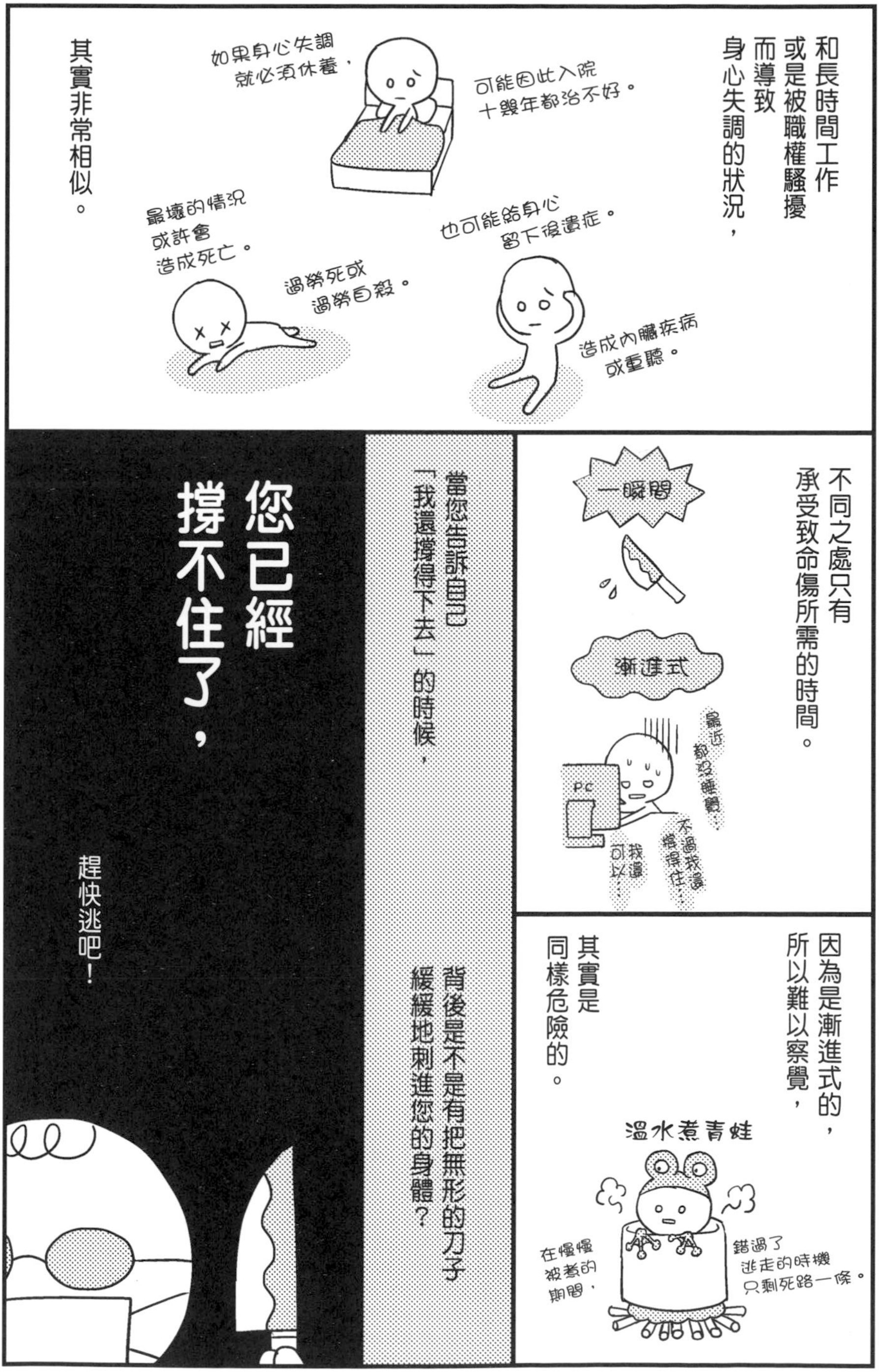
和長時間工作
或是被職權騷擾
而導致
身心失調的狀況，
如果身心失調
就必須休養，
可能因此入院
十幾年都治不好。
也可能給身心
留下後遺症。
造成內臟疾病
或重聽。
最壞的情況
或許會
造成死亡。
過勞死或
過勞自殺。
其實非常相似。
不同之處只有
承受致命傷所需的時間。
一瞬間
漸進式
最近都沒睡覺…
PC
不過我還撐得住…
我還可以…
因為是漸進式的，
所以難以察覺，
其實是
同樣危險的。
溫水煮青蛙
在慢慢
被煮的
期間，
錯過了
逃走的時機
只剩死路一條。
當您告訴自己
「我還撐得下去」的時候，
背後是不是有把無形的刀子
緩緩地刺進您的身體？
您已經
撐不住了，
趕快逃吧！

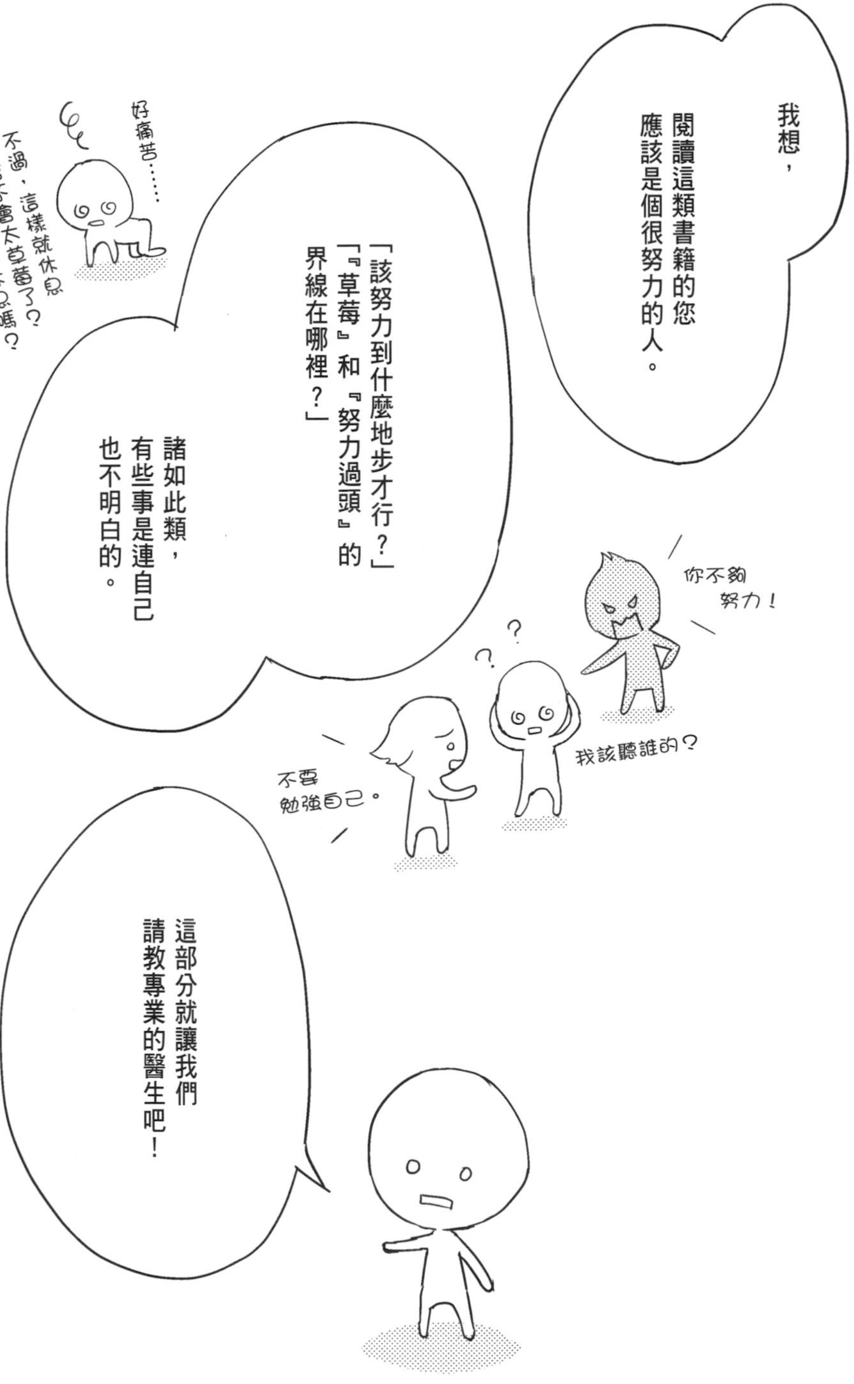
我想，
閱讀這類書籍的您
應該是個很努力的人。
「該努力到什麼地步才行？」
「『草莓』和『努力過頭』的
界線在哪裡？」
諸如此類，
有些事是連自己
也不明白的。
好痛苦……
不過，這樣就休息
會不會太草莓了？
我可以休息嗎？
你不夠
努力！
我該聽誰的？
不要
勉強自己。
這部分就讓我們
請教專業的醫生吧！

告訴我！Yuuki醫生 Q&A

幸會，我是精神科醫生Yu Yuuki。
接下來我會回答關於心理及身心內科的問題。

◆ Yu Yuuki 醫生的個人檔案

精神科醫生．作家．漫畫原作。
畢業於東京大學醫學系醫學科。
為 Yu 精神科診所．Yu 皮膚科診所集團總院長。

漫畫超好看的。

於從事醫師診療工作之餘，
發行訂閱人數達１６萬人的電子報「性感心理學」。
推特追蹤人數約４０萬人。
除此之外，也擔任『漫畫心療系』、『漫畫教你如何改造肉體』、『漫畫教你如何受歡迎』等漫畫的原作，
總發行冊數超過４００萬冊。

Q

大家都說努力很重要，請問我該努力到什麼地步？

A

努力確實很重要。

人活著，都會遇上必須努力或必須勉強自己的時候。

或許有人聽到別人在工作上不斷努力，最後獲得成功的故事以後，會覺得「我也必須更加努力」。

可是，努力過頭，最後崩潰的人也不少。

在日本，過勞死人數逐年增加。根據厚生勞動省公布的數據，２０１５年過勞死，以及過勞自殺的人數高達４８２人。

努力固然重要，卻有人因為過度努力而失去了生命。

那麼，我們到底該努力到什麼地步？

關於這個問題，我只能這麼回答：

假如您是上班族，**「請別努力到每月平均加班時數超過80個小時的地步」**。因為長期加班超過80個小時，會提升過勞死的風險。

如22頁所述，人類有個體差異，在每個職場承受的壓力也各不相同。因此，有的人就算加班100個小時也不成問題，但有的人加班不到80小時就會身心失調。

換句話說，不能光憑「工時」來判斷是「過度努力」還是「尚可努力」。

我想，「我該努力到什麼地步？」這個問題想問的並不是具體的工時，而是來自於「我繼續勉強自己努力下去，真的沒問題嗎？」的不安。

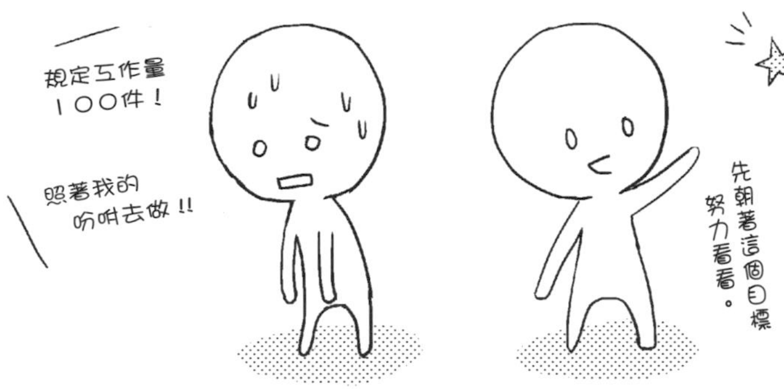
規定工作量
100件！
照著我的
吩咐去做!!
先朝著這個目標
努力看看。

所以現在我們就來看看，因為繼續努力而成功的人與崩潰的人有什麼差異吧！

他們的差異在於：

①**「努力是不是出於自己的選擇？」**

②**「努力的成果是否顯而易見？」**

這兩者是重要的因素。

比方說，有些漫畫家同時畫好幾部漫畫，行程滿檔，但還是能夠創作出許多作品。漫畫家不是上班族，沒有加班時間的概念，但是工作到完全沒有時間休息的人不在少數。

然而，這樣的人大多朝氣蓬勃。

因為畫漫畫這份工作是他們自己選擇的（①），而他們努力畫漫畫的成果，可以透過單行本銷售量及讀者迴響等形式顯而易見地看見（②）。

尤其現在可以透過社群網站了解讀者的感想，比從前更能直接地感受到「我的努力贏得了許多人的迴響」。

我也請教過咖啡店店員和美容師這類工作忙碌卻樂在其中的人，他們是這樣回答的：

「這是我從以前就一直想做的工作，看到客人開心，我也很開心。」

這些人也同時具備了①「自己的選擇」及②「努力的成果顯而易見」兩個因素。

在不符合①與②的條件之下長時間工作，就必須多加注意了。因為在這樣的狀態之下持續努力，會產生龐大的精神壓力。

這就像是明明不想做肌力訓練，卻被逼著每天都要舉沉甸甸的槓鈴一樣。這樣的狀態當然十分痛苦。

「我該努力到什麼地步……」工作上感到不安的時候，請重新審視以下兩點：

①「努力是不是出於自己的選擇？」

②「努力的成果是否顯而易見？」

如果現在的工作不符合這兩點，最好先改變行動，掌握工作的自主選擇權。

或許您會這麼想：

「說得倒簡單，工作又不是說換就換，我的工作也沒有讓我選擇的餘地。每天在做的事，除了影印還是影印。」

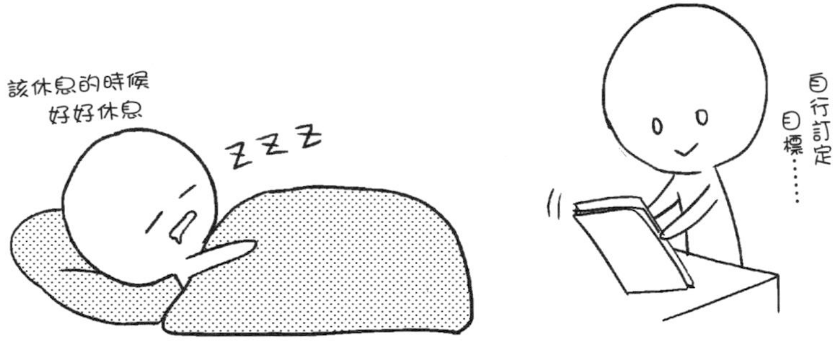
自行訂定目標……
該休息的時候好好休息
ZZZ

不過，即使在這種狀況之下，

「試著挑戰五秒內影印完一張資料！」

「盡可能把資料裝訂得整整齊齊。」

諸如此類，也能試試「自行發揮創意，改變平時的做法」。

這也是一種「掌握工作的自主選擇權」（①）的方法。

而自己有所改變，周圍的人或許也會產生不同的反應。

如此一來，便能感受到「工作的成果」（②），心情也會因而轉變。

當然，即使是漫畫家，過於勉強自己還是會造成身心失調的。所以就算是從事「自己選擇的工作」，也要注意「別過度勉強自己」與「確實了解自己能夠努力到什麼地步」。

衡量自己能夠努力的範圍，並將工作切換為「自己選擇的工作」，發揮創意，在工作中尋求樂趣，就是最好的方法。

成就感？樂趣？
那是什麼？好吃嗎？
我不行了。

請試著在不勉強自己的狀況之下享受工作吧！

說歸說，

「我已經快崩潰了，根本沒心情享受工作！我的狀況比你說的嚴重多了！」

或許有人是處於上述的狀態之中，又或許有人最好立刻前往身心內科就診。

這樣的人，請繼續閱讀下一章「察覺心靈的ＳＯＳ」。

這麼一來，您應該就能夠察覺身體發出的信號，客觀地衡量自己的處境有多麼嚴重。了解自己的心靈處於何種狀況，是很重要的。

當然，仍有餘裕的人也請務必在失去判斷力之前閱讀下一章。

第2章

察覺心靈的SOS

突然落淚

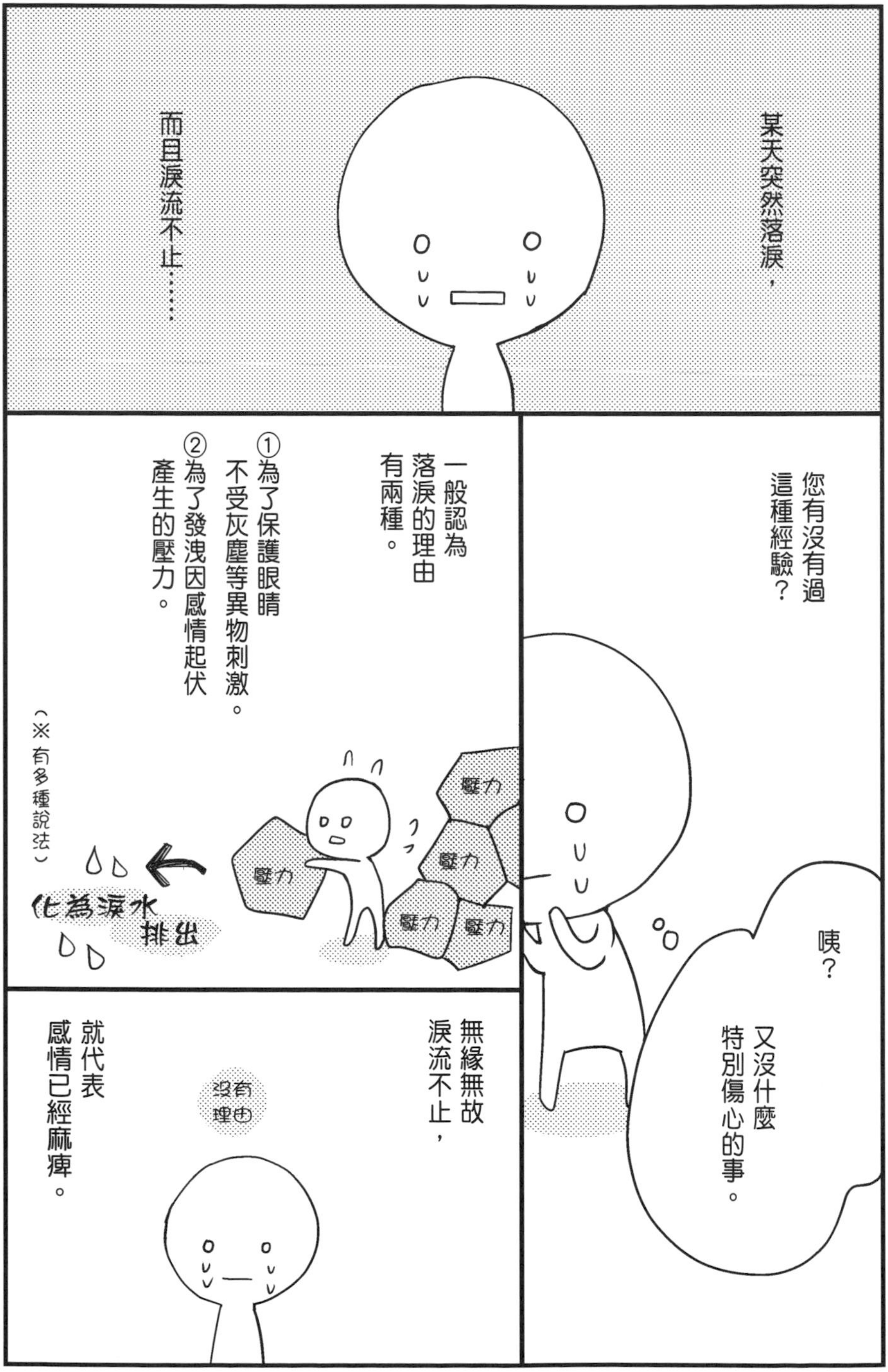
某天突然落淚，
而且淚流不止……
您有沒有過這種經驗？
咦？
又沒什麼特別傷心的事。
一般認為落淚的理由有兩種。
①為了保護眼睛不受灰塵等異物刺激。
②為了發洩因感情起伏產生的壓力。
壓力
壓力
壓力
壓力
壓力
化為淚水排出
（※有多種說法）
無緣無故淚流不止，
就代表感情已經麻痺。
沒有理由

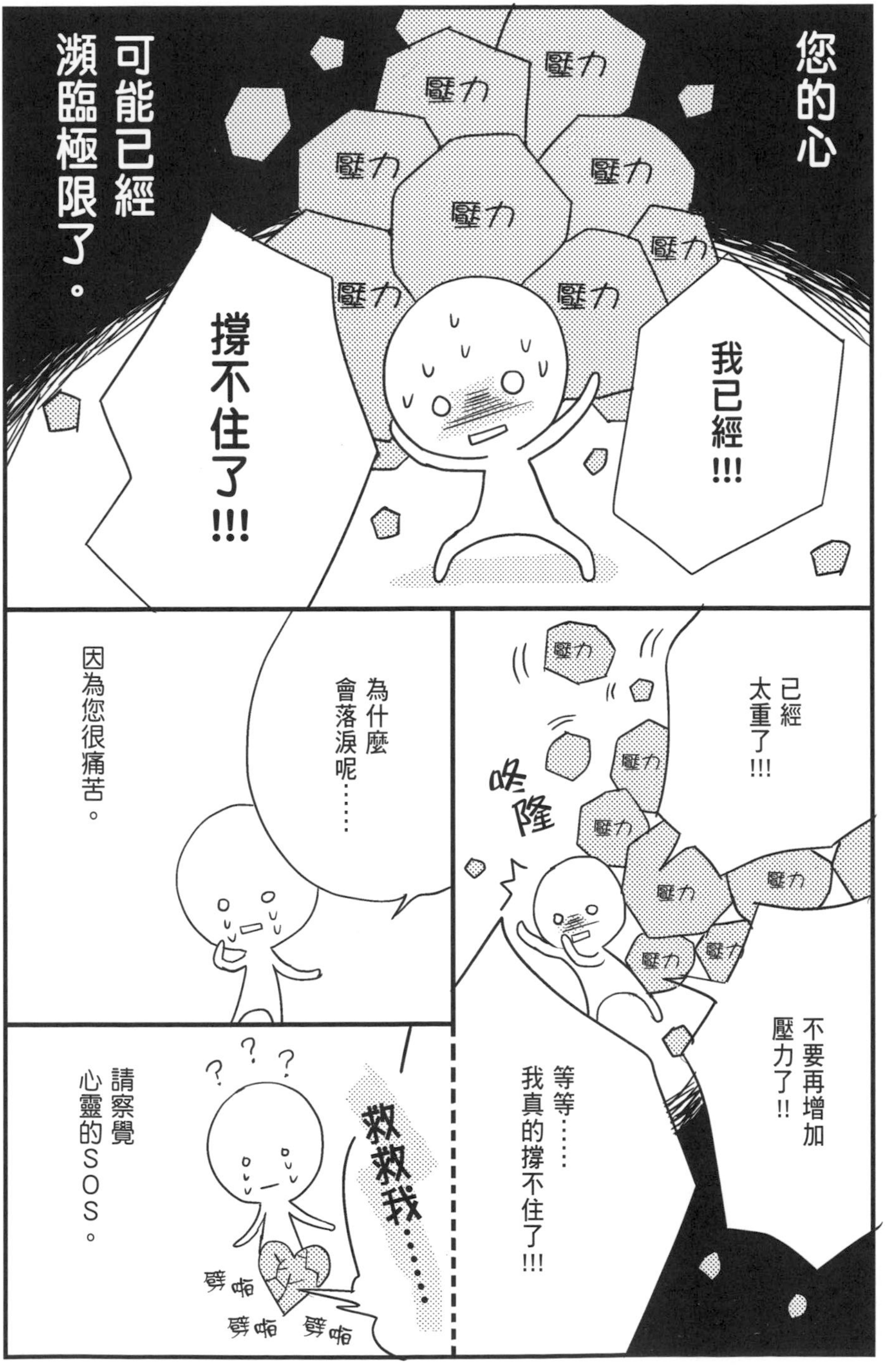

您的心
可能已經瀕臨極限了。
壓力
我已經!!!
撐不住了!!!
已經太重了!!!
咚隆
不要再增加壓力了!!
等等……我真的撐不住了!!!
為什麼會落淚呢……
因為您很痛苦。
救救我……
請察覺心靈的SOS。
劈啪
劈啪
劈啪

動彈不得

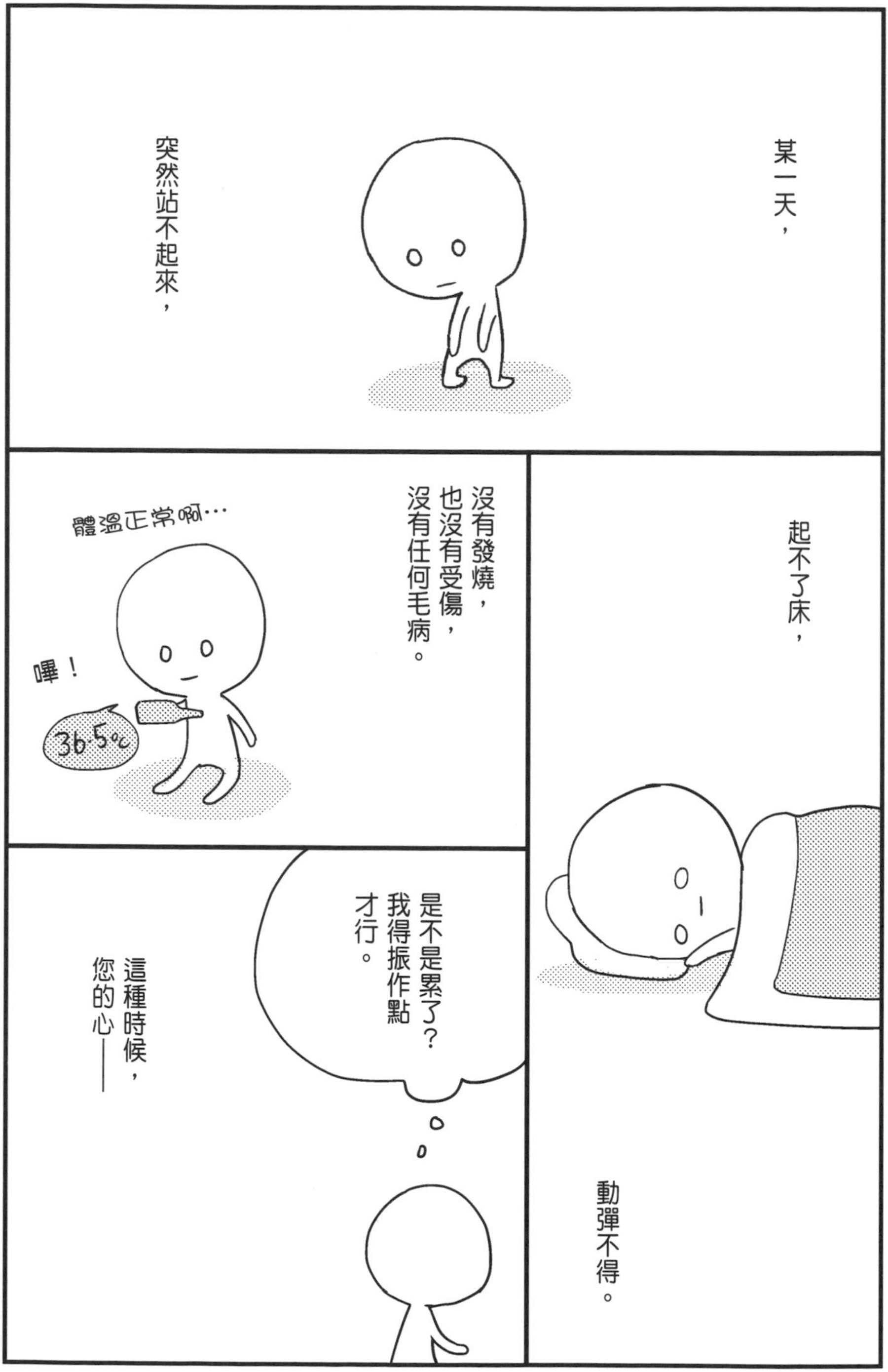
某一天，
突然站不起來，
起不了床，
動彈不得。
沒有發燒，
也沒有受傷，
沒有任何毛病。
體溫正常啊…
嗶！
36.5℃
是不是累了？
我得振作點才行。
這種時候，
您的心——

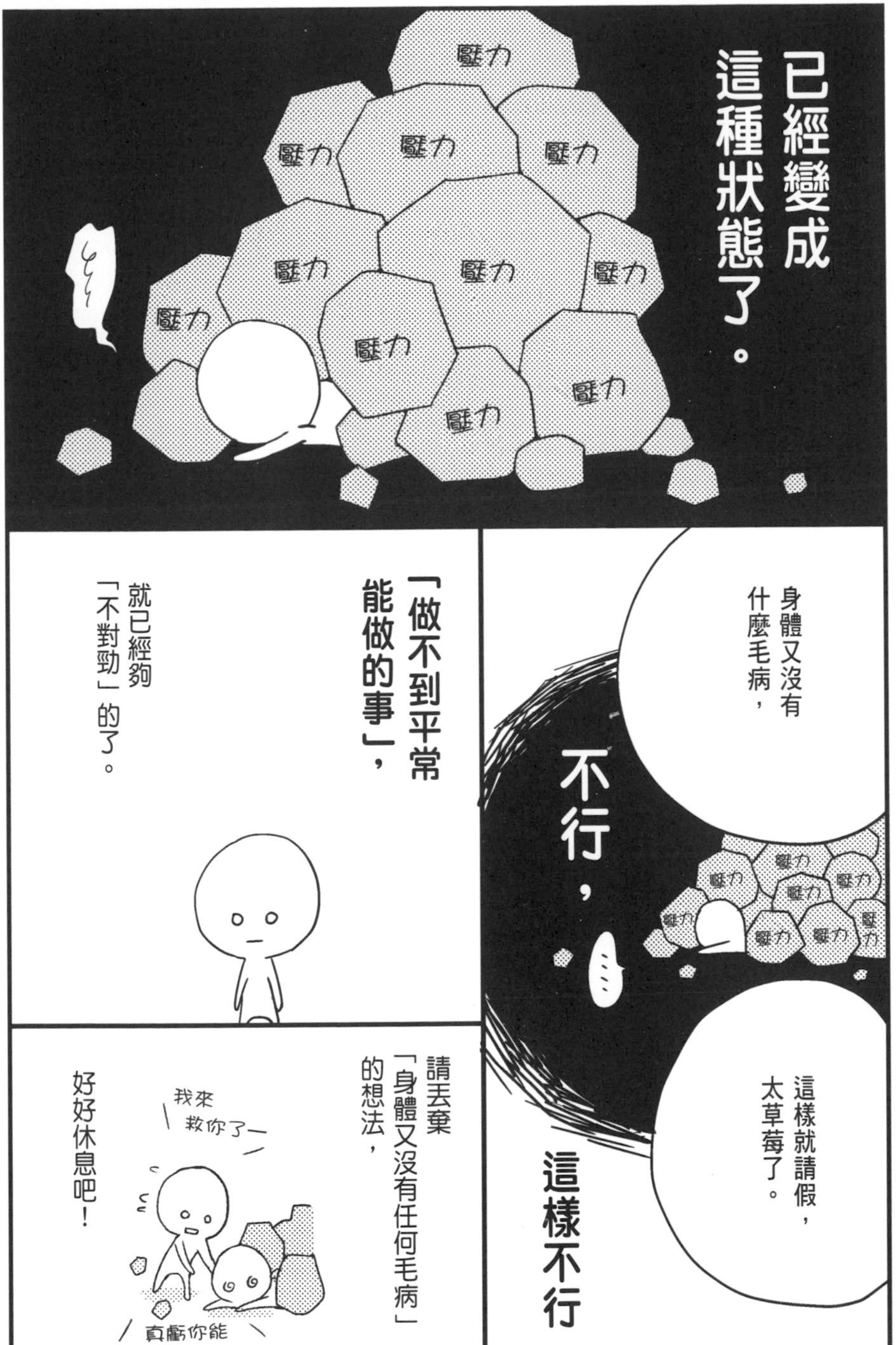
已經變成這種狀態了。
壓力
身體又沒有什麼毛病，
不行，
這樣就請假，太草莓了。
這樣不行。
「做不到平常能做的事」，
就已經夠「不對勁」的了。
請丟棄「身體又沒有任何毛病」的想法，
我來救你了—
真虧你能撐到現在—
好好休息吧！

出疹子

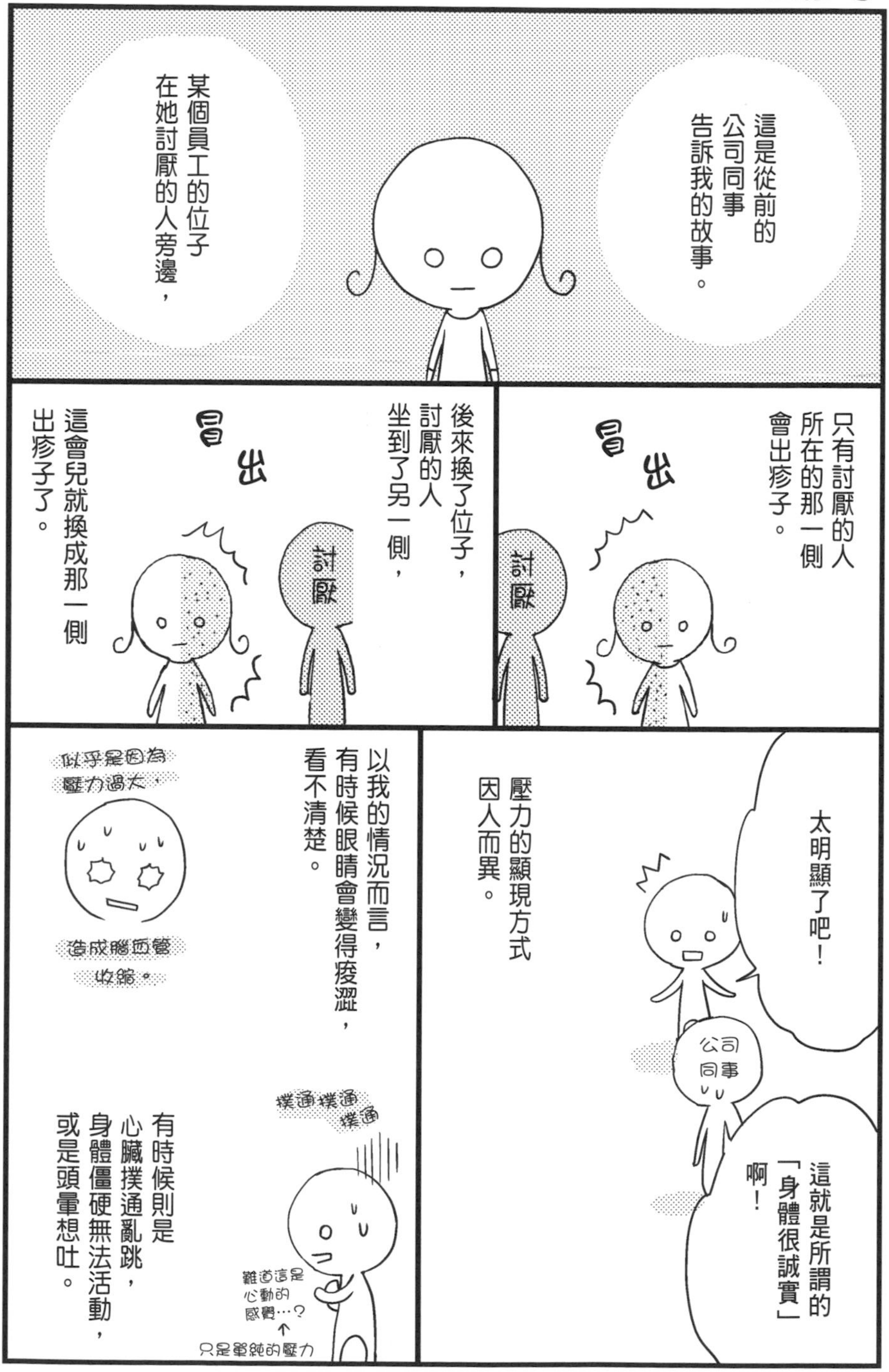

這是從前的公司同事告訴我的故事。
某個員工的位子在她討厭的人旁邊，
只有討厭的人所在的那一側會出疹子。
冒出
討厭
後來換了位子，討厭的人坐到了另一側，
這會兒就換成那一側出疹子了。
冒出
討厭
太明顯了吧！
公司同事
這就是所謂的「身體很誠實」啊！
壓力的顯現方式因人而異。
以我的情況而言，有時候眼睛會變得痠澀，看不清楚。
似乎是因為壓力過大，
造成腦血管收縮。
有時候則是心臟撲通亂跳，身體僵硬無法活動，或是頭暈想吐。
撲通撲通撲通
難道這是心動的感覺…？
只是單純的壓力

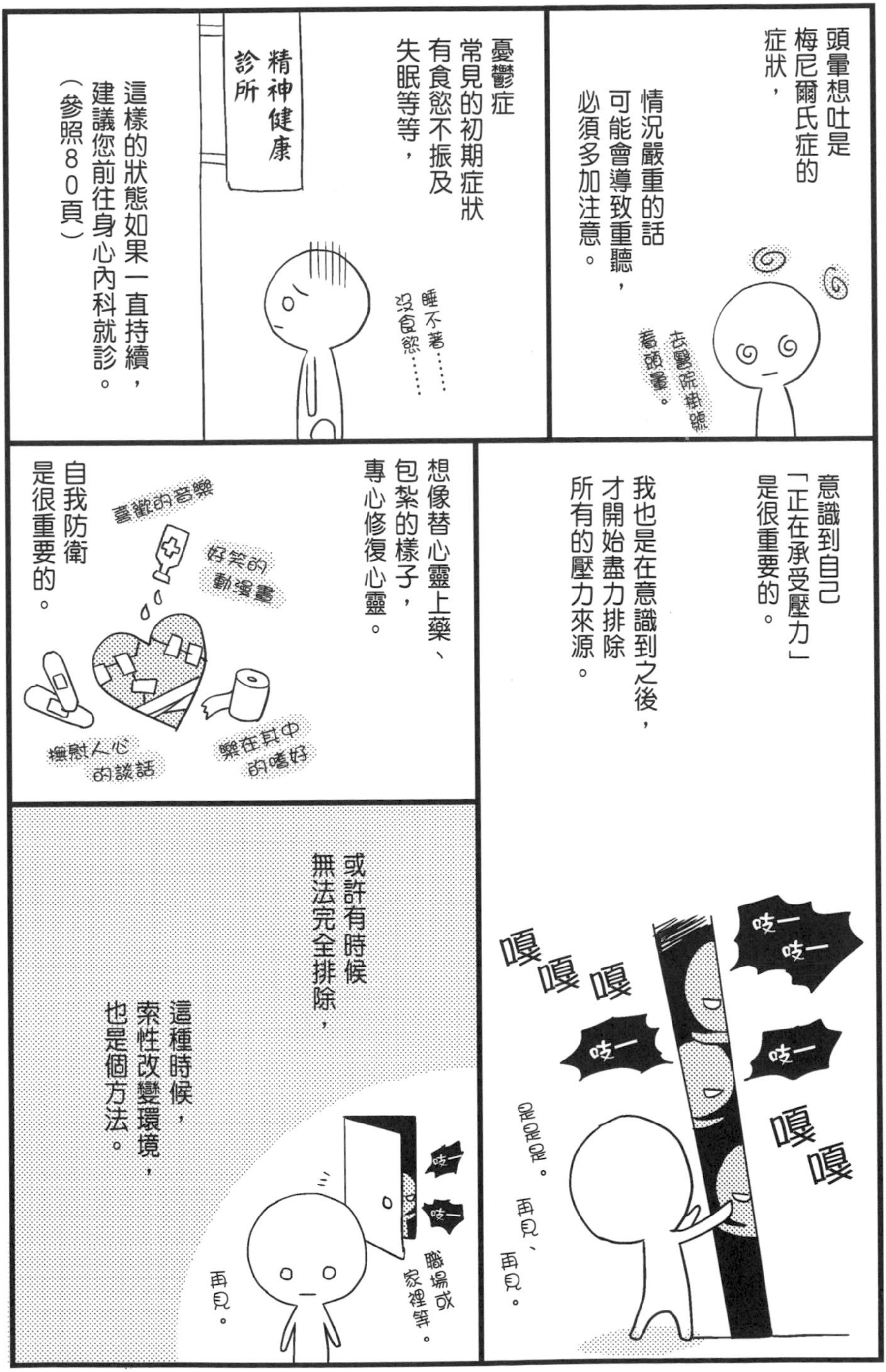
頭暈想吐是梅尼爾氏症的症狀，
情況嚴重的話可能會導致重聽，必須多加注意。
去醫院掛號看頭暈。
憂鬱症常見的初期症狀有食慾不振及失眠等等，
睡不著……
沒食慾……
精神健康診所
這樣的狀態如果一直持續，建議您前往身心內科就診。（參照80頁）
意識到自己「正在承受壓力」是很重要的。
我也是在意識到之後，才開始盡力排除所有的壓力來源。
嘎嘎嘎
吱—吱—
吱—
吱—
嘎嘎
呵呵呵。
再見、再見。
想像替心靈上藥、包紮的樣子，專心修復心靈。
自我防衛是很重要的。
喜歡的音樂
好笑的動漫畫
撫慰人心的談話
樂在其中的嗜好
或許有時候無法完全排除，
這種時候，索性改變環境，也是個方法。
吱—
吱—
職場或家裡等。
再見。

越是強健的人……

或許身體強健的人，
渾身
肌肉
反而比較難以意識到自己的困境。
我本來就是個身心虛弱的人，三天兩頭出狀況。
常常鬧肚子。
在車站昏倒，
對不起。
被搬到站長室裡。
如果我身強體壯，熬夜也不成問題，繼續工作下去的話，
或許會把自己逼到無可挽回的地步。
認為自己很強壯、很健康的人，
我不必休息。
我絕對不會得憂鬱症。
或許會這麼想。

PC

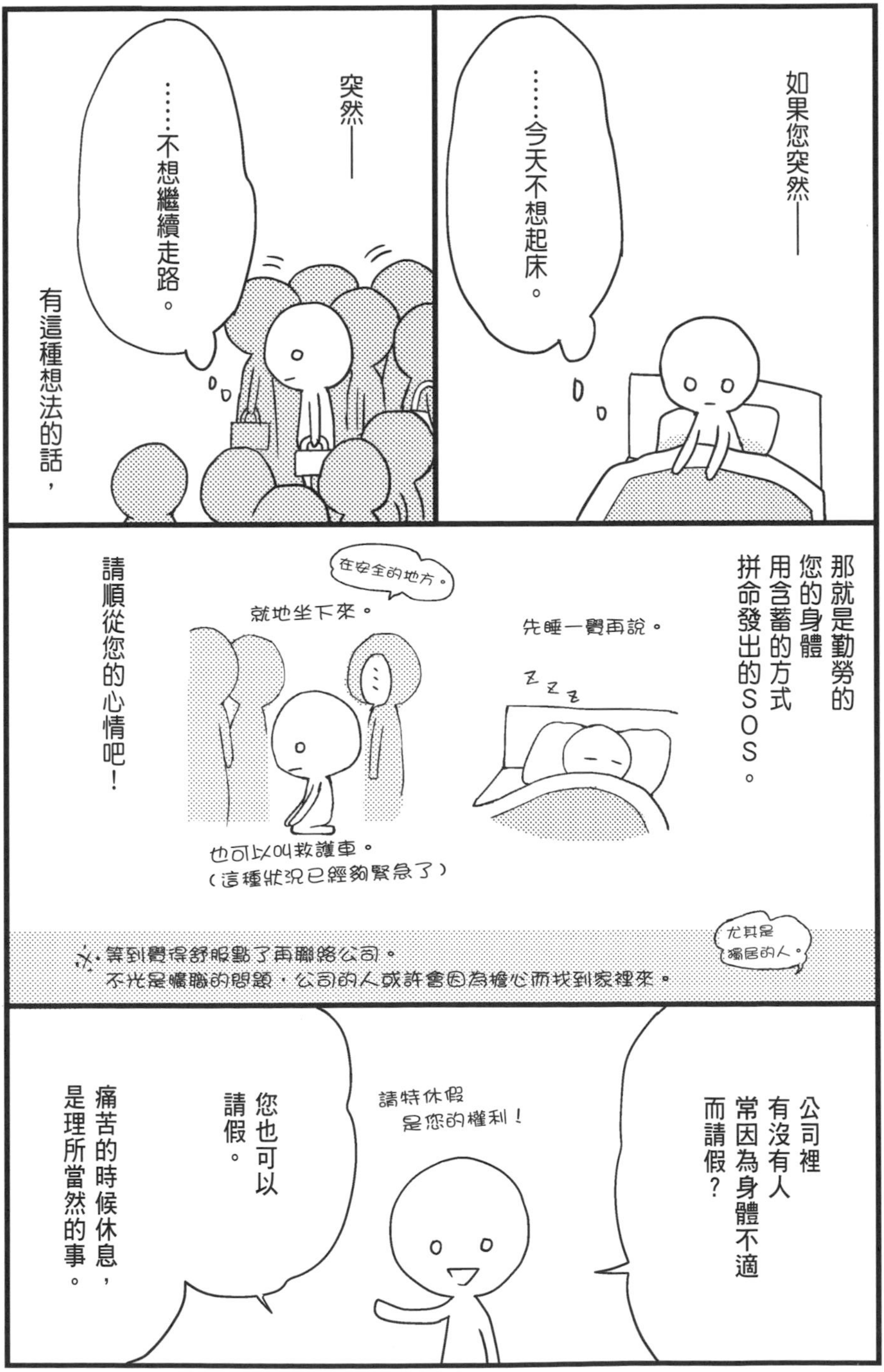
如果您突然——
……今天不想起床。
突然——
……不想繼續走路。
有這種想法的話，
那就是勤勞的您的身體用含蓄的方式拼命發出的SOS。
先睡一覺再說。
在安全的地方。
就地坐下來。
也可以叫救護車。（這種狀況已經夠緊急了）
請順從您的心情吧！
※等到覺得舒服點了再聯絡公司。不光是曠職的問題，公司的人或許會因為擔心而找到家裡來。
尤其是獨居的人。
公司裡有沒有人常因為身體不適而請假？
請特休假是您的權利！
您也可以請假。
痛苦的時候休息，是理所當然的事。

即使看不見

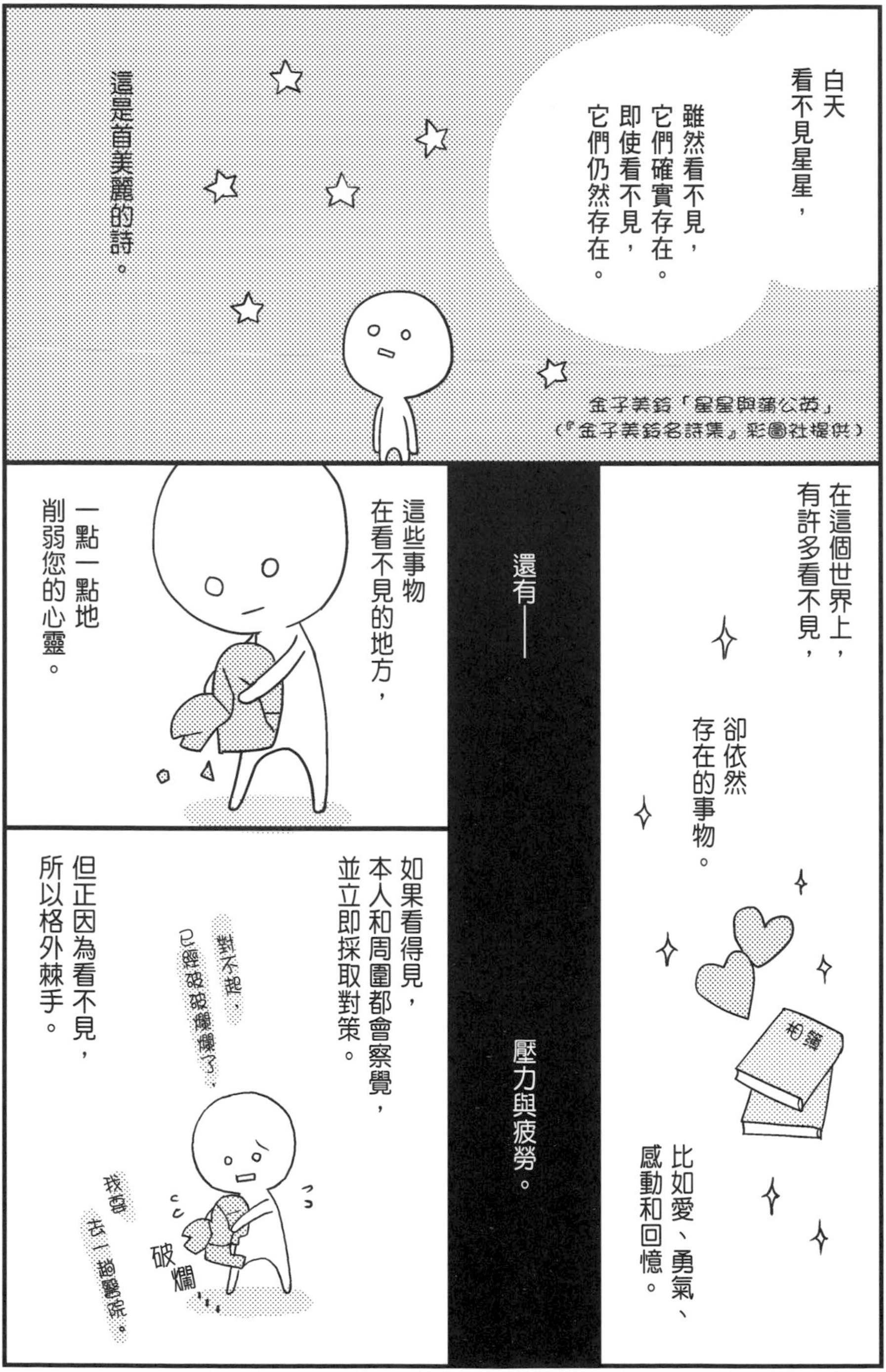
白天
看不見星星，
雖然看不見，
它們確實存在。
即使看不見，
它們仍然存在。
這是首美麗的詩。
金子美鈴「星星與蒲公英」
（『金子美鈴名詩集』彩圖社提供）
在這個世界上，
有許多看不見，
卻依然
存在的事物。
相簿
比如愛、勇氣、
感動和回憶。
還有──
壓力與疲勞。
這些事物
在看不見的地方，
一點一點地
削弱您的心靈。
如果看得見，
本人和周圍都會察覺，
並立即採取對策。
但正因為看不見，
所以格外棘手。
對不起，
已經破破爛爛了，
破爛
我要
去一趟醫院。

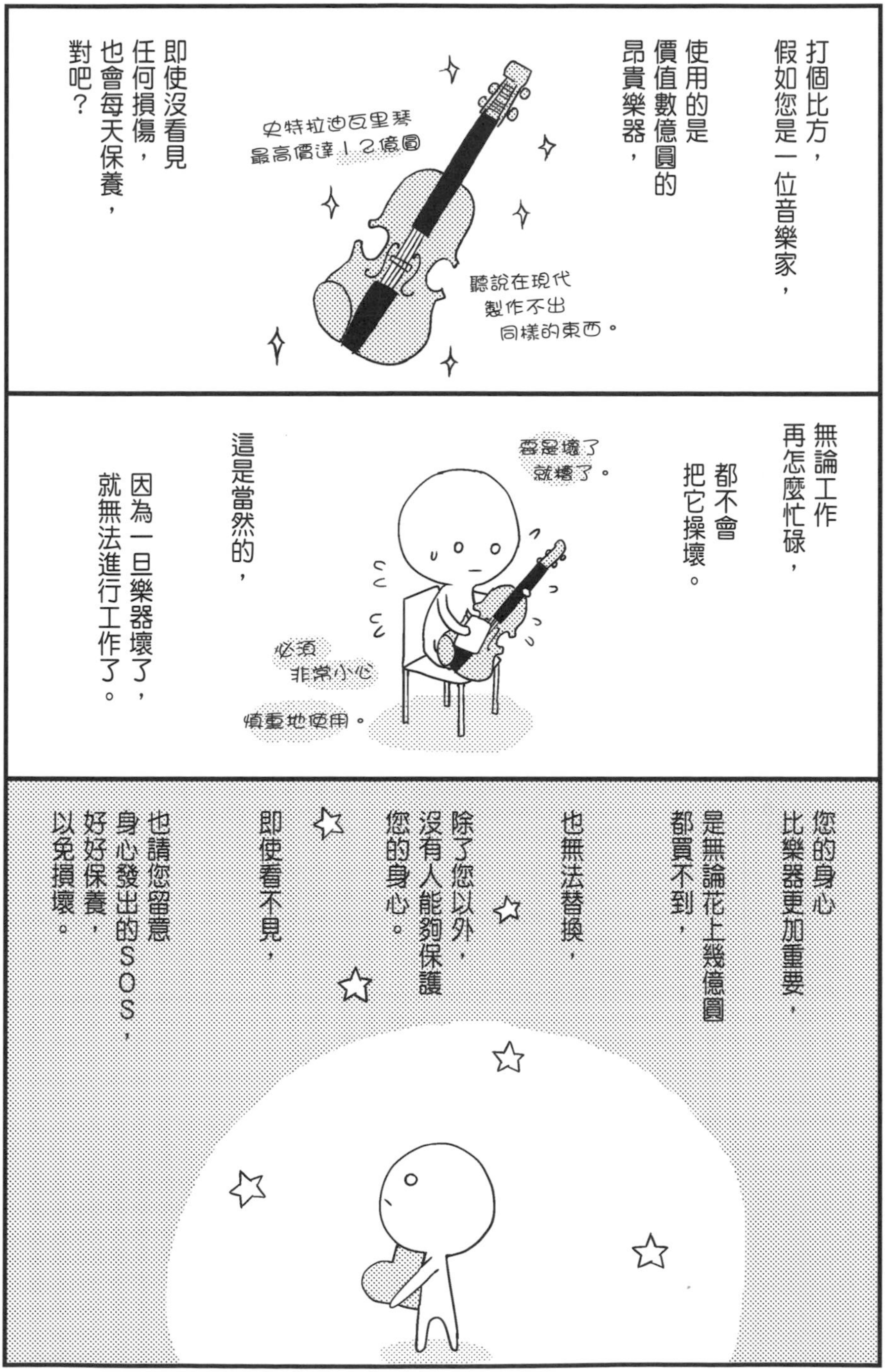
打個比方，
假如您是一位音樂家，
使用的是
價值數億圓的
昂貴樂器，
史特拉迪瓦里琴
最高價達12億圓
聽說在現代
製作不出
同樣的東西。
即使沒看見
任何損傷，
也會每天保養，
對吧？
無論工作
再怎麼忙碌，
都不會
把它操壞。
要是壞了
就糟了。
這是當然的，
因為一旦樂器壞了，
就無法進行工作了。
必須
非常小心
慎重地使用。
您的身心
比樂器更加重要，
是無論花上幾億圓
都買不到，
也無法替換，
除了您以外，
沒有人能夠保護
您的身心。
即使看不見，
也請您留意
身心發出的SOS，
好好保養，
以免損壞。

Q 罹患心理疾病是因為太軟弱嗎？

A

「罹患心理疾病是因為自己太過軟弱。」

這麼想的人很多，但這並不是事實。

調查（※）顯示，現在日本平均每五人就有一人得過精神疾病。罹患心理疾病是常發生在日本人身上的事，並不是特例。

所以，就算得了憂鬱症，

「都是因為我太軟弱。」

也不用這麼想，**讓自己的**心情變得更加消沉。

一般普遍認為，罹患心理疾病的原因是「遺傳與環境各占一半」。

遺傳因素是當事人天生就具備的。

環境因素則是當事人從前過著什麼樣的生活，或現在過著什麼樣的生活。

比方說，同卵雙胞胎的基因基本上是一樣的，但就算其中一人罹患心理疾病，另一個人也不見得就會罹患。

再打個比方，如果待在壓力過大的環境裡，不管是什麼樣的人，精神都會受到壓迫，罹患心理疾病的可能性也會變大。

當然，也有人就算處於壓力龐大的環境裡，精神依然不受壓迫，元氣十足。所以就結果而言，才說是「遺傳與環境各占一半」。

順道一提，從前我也曾經置身於壓力過大的狀態之下，導致失眠、食慾不振，以及「不想去工作」。

由於只是暫時性的，還不到去精神科診所就診的地步。但若是長期處於那樣的狀態之下，我很有可能得憂鬱症。
就連身為精神科醫生的我都會陷入這樣的狀態。

「無論發生什麼事都不會有問題的人」並不存在。

即使接連遇上令人沮喪的事，必須去精神科診所就診，也不用因此責備自己「太過軟弱」。

※ 日本國立精神・神經中心精神保健研究所的北村俊則醫師針對１８歲以上的男女進行的調查。「您曾經罹患過精神疾病嗎？」針對這個問題，１００位男性之中有１６人，１００位女性之中有２７人回答「曾經罹患過精神疾病」。順道一提，所謂的精神疾病指的是憂鬱症、焦慮症、恐慌症等心理上的疾病。

第3章

不努力的勇氣

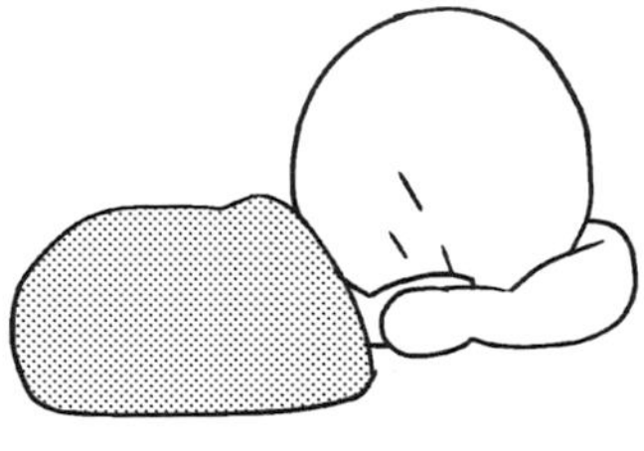

大學畢業進入公司以後，
我每天都是深夜才回家。
想當然耳，
父母非常擔心。
我必須更加努力才行!!
可是，
前輩和同事
加的班都比我多！
他們還是做得
輕輕鬆鬆啊！
對於我的這番話，
母親是這樣回答的。
關西人
那麼，
交給他們去做，
你先回家
不就行了？
他們可以輕鬆
完成工作吧？
可是你不行啊！
讓做得到的人去做，
效率不是比較好嗎？
多麼自私的
想法啊！
在我驚愕的
同時，
完全否定了
「大家都在努力，
所以我也要努力」!!
甚至還把工作
推給別人，
完全不顧慮
別人！

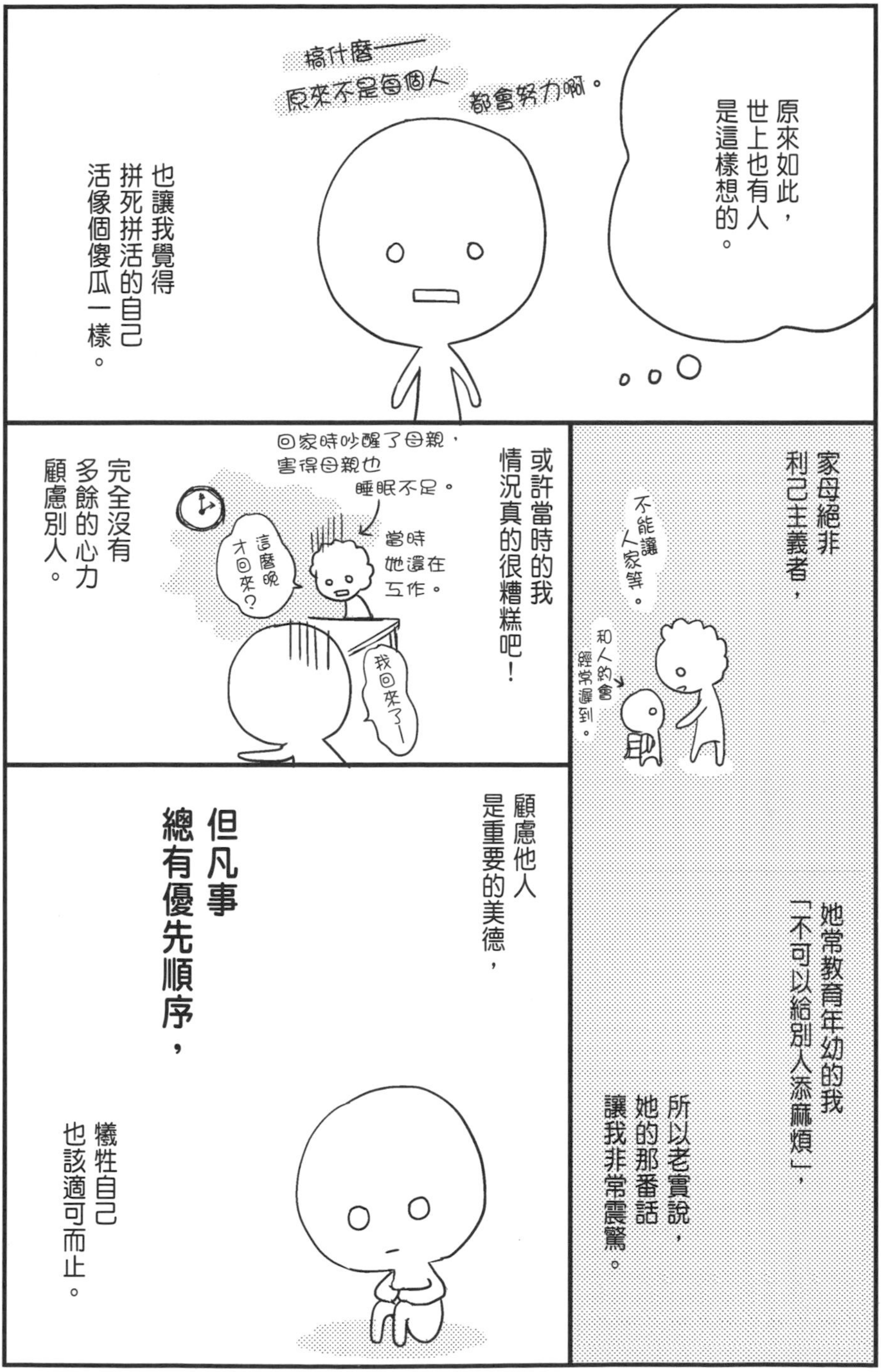
原來如此，世上也有人是這樣想的。
搞什麼——原來不是每個人都會努力啊。
也讓我覺得拼死拼活的自己活像個傻瓜一樣。
家母絕非利己主義者，
不能讓人家等。
和人約會經常遲到。
她常教育年幼的我「不可以給別人添麻煩」，
所以老實說，她的那番話讓我非常震驚。
或許當時的我情況真的很糟糕吧！
回家時吵醒了母親，害得母親也睡眠不足。
當時她還在工作。
這麼晚才回來？
我回來了——
完全沒有多餘的心力顧慮別人。
顧慮他人是重要的美德，
但凡事總有優先順序，
犧牲自己也該適可而止。

別扯上關係

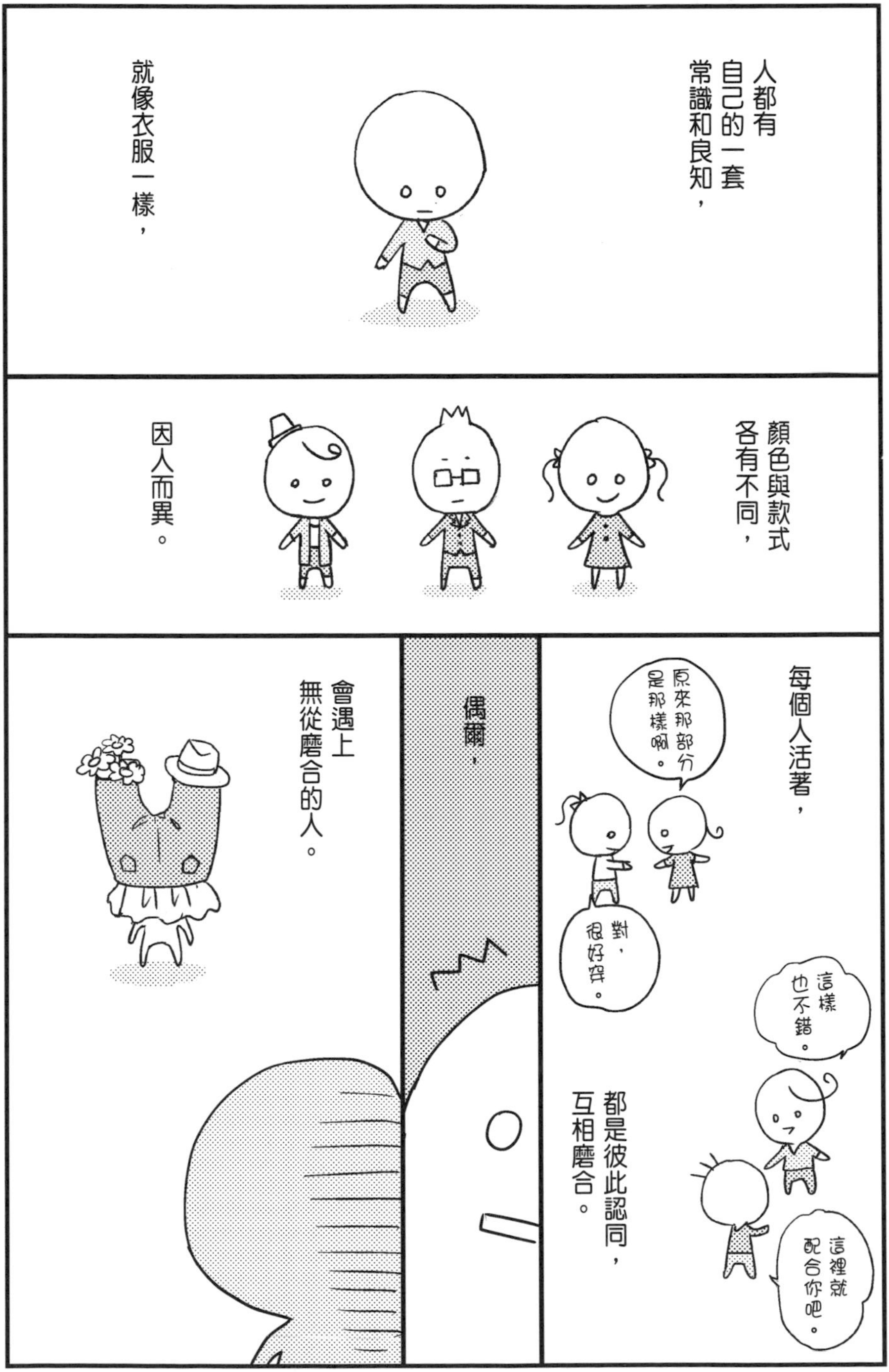
人都有自己的一套常識和良知，
就像衣服一樣，
顏色與款式各有不同，
因人而異。
每個人活著，
原來那部分是那樣啊。
對，很好穿。
這樣也不錯。
都是彼此認同，互相磨合。
這裡就配合你吧。
偶爾，
會遇上無從磨合的人。

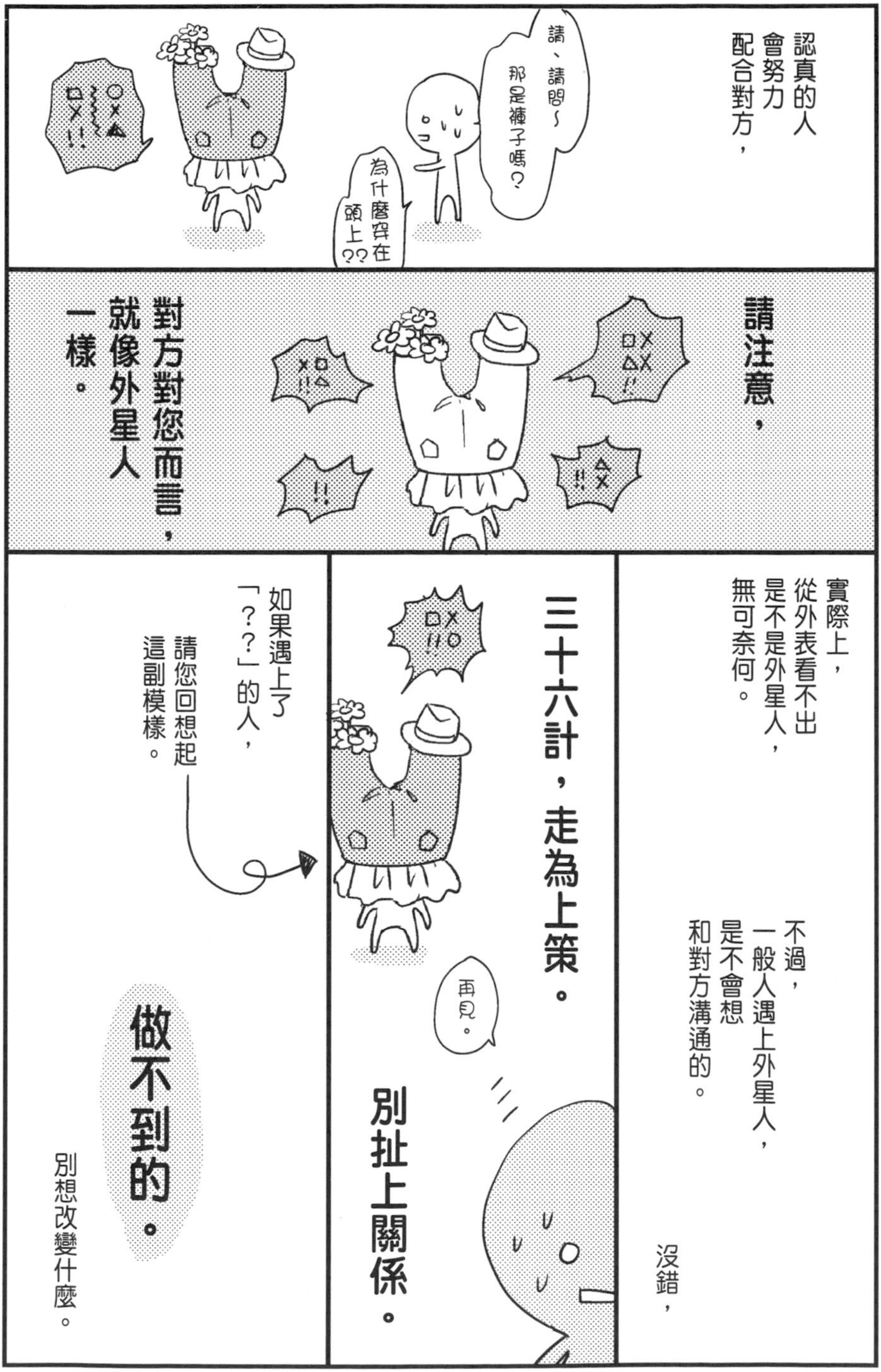

認真的人會努力配合對方，
請、請問～那是褲子嗎？
為什麼穿在頭上??
請注意，
對方對您而言，就像外星人一樣。
實際上，從外表看不出是不是外星人，無可奈何。
不過，一般人遇上外星人，是不會想和對方溝通的。
沒錯，
三十六計，走為上策。
再見。
別扯上關係。
如果遇上了「??」的人，
請您回想起這副模樣。
做不到的。
別想改變什麼。

別參加「不幸比賽」

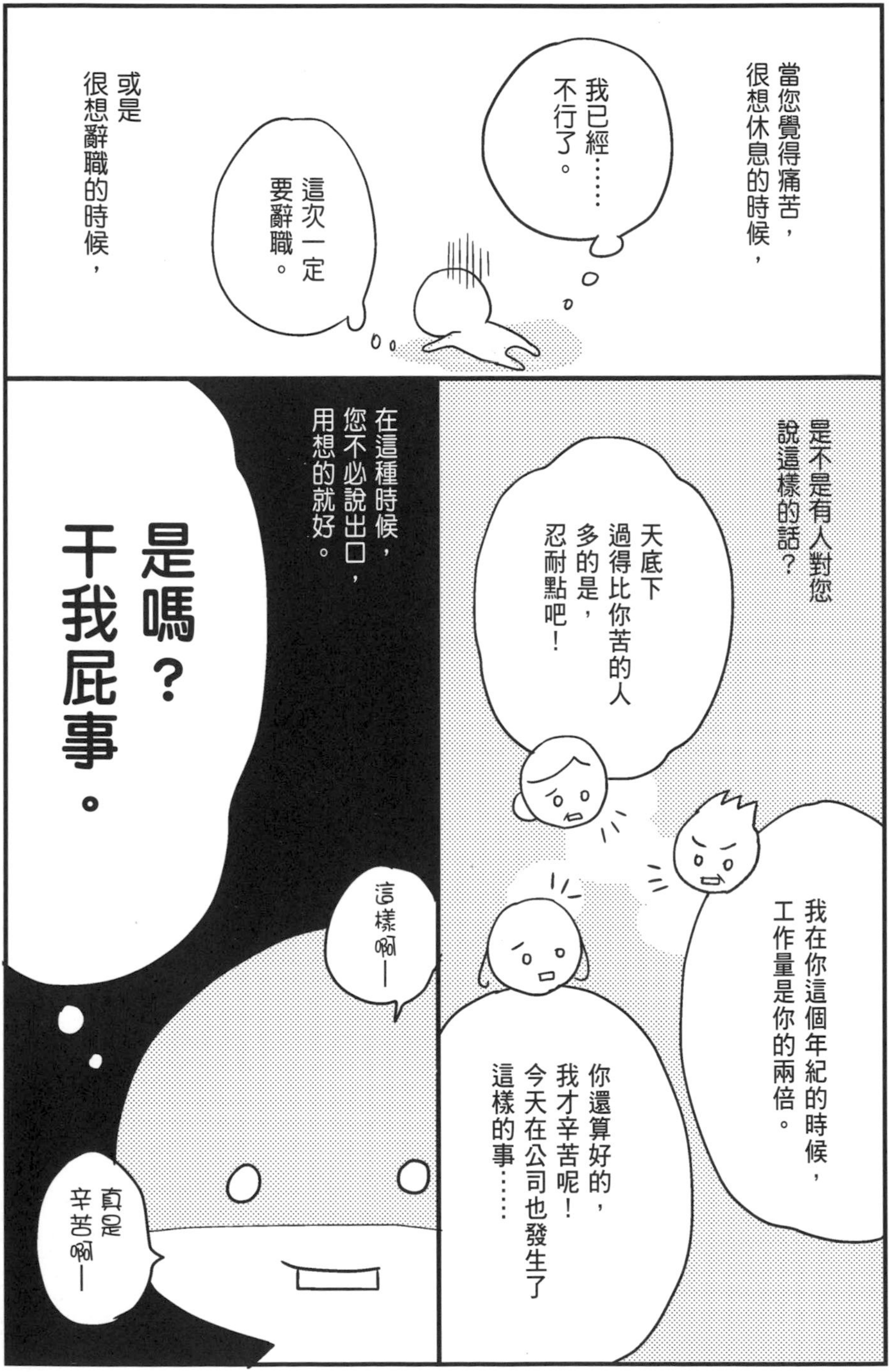
當您覺得痛苦，很想休息的時候，
我已經……不行了。
這次一定要辭職。
或是很想辭職的時候，
是不是有人對您說這樣的話？
天底下過得比你苦的人多的是，忍耐點吧！
我在你這個年紀的時候，工作量是你的兩倍。
你還算好的，我才辛苦呢！今天在公司也發生了這樣的事……
在這種時候，您不必說出口，用想的就好。
是嗎？干我屁事。
這樣啊—
真是辛苦啊—

天底下
確實有許多
狀況比您
更加惡劣的人，
也有比您更加忍耐、
更加努力的人，
不過
那和您
一點關係
也沒有。
痛苦的人是您，
想休息的人是您，
想辭職的人是您，
被逼得身心失調的人
也是您，
別人不會為您做任何事。
用不著參加
不幸比賽。
想參加的人
讓他自己去參加
就好了。
我比較痛苦！
我比較忍耐！
King Of 誰比較不幸
請便，
我要去
追求幸福。

※編註：「現充」為日本的網路用語，指現實生活很充實的人，類似中文的「人生贏家」。

——答案……
閉上眼睛就行了。
……
扔
手機
pad
唰
您擁有消除世界的力量。
所謂的世界，即是您眼中映出的一切，
要看什麼，由您自己決定。
您不妨把自己當成世界之王，
我看你很不順眼，
把你消除好了。
試著「消除」不要的事物吧！

別考慮以後的事

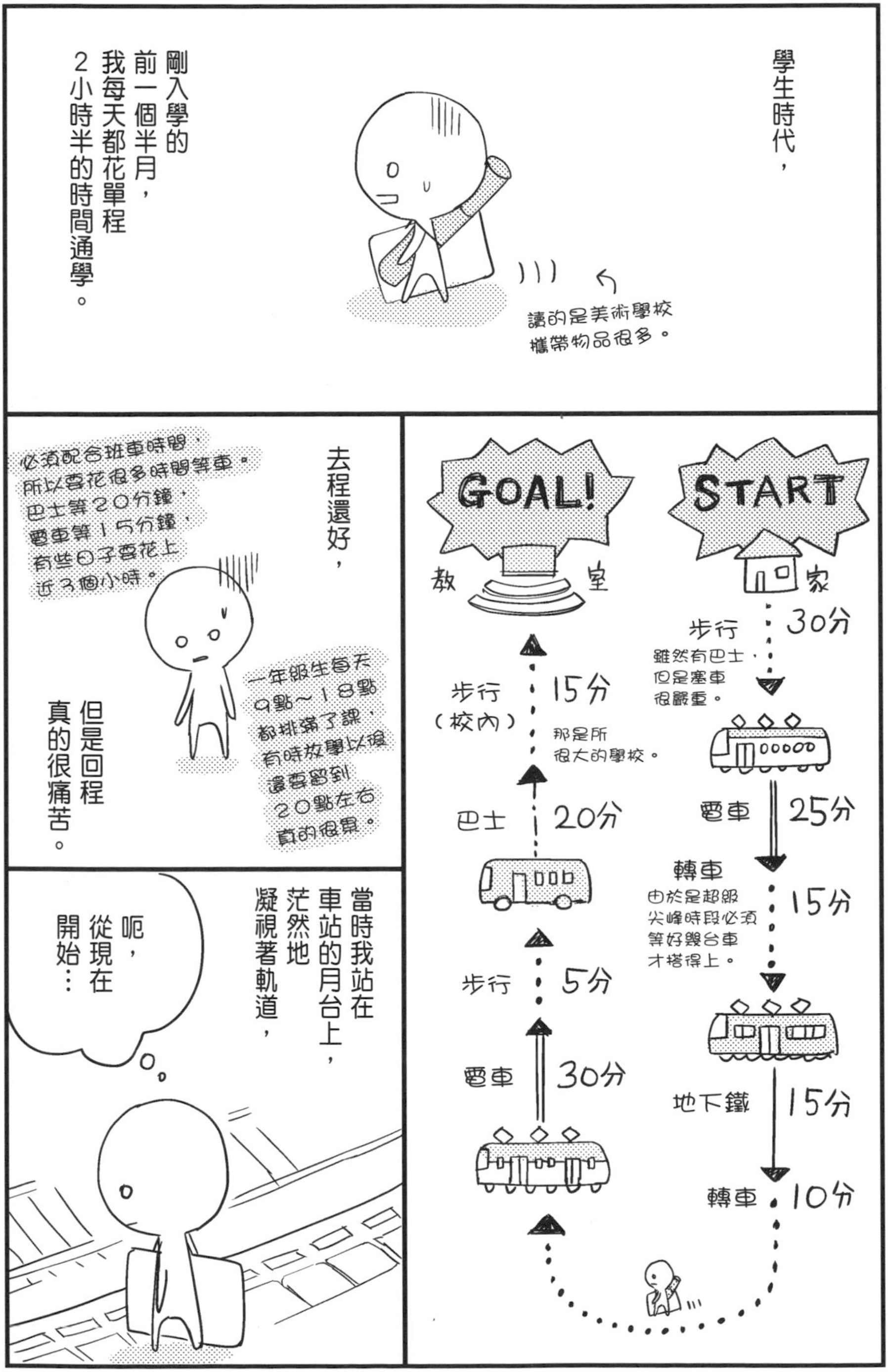
學生時代，
剛入學的前一個半月，我每天都花單程2小時半的時間通學。
讀的是美術學校 攜帶物品很多。
START
家
步行 30分
雖然有巴士，但是塞車很嚴重。
電車 25分
轉車 15分
由於是超級尖峰時段必須等好幾台車才搭得上。
地下鐵 15分
轉車 10分
電車 30分
步行 5分
巴士 20分
步行（校內） 15分
那是所很大的學校。
GOAL!
教室
去程還好，
但是回程真的很痛苦。
必須配合班車時間，所以要花很多時間等車。巴士等20分鐘，電車等15分鐘，有些日子要花上近3個小時。
一年級生每天9點～18點都排滿了課，有時放學以後還要留到20點左右真的很累。
當時我站在車站的月台上，茫然地凝視著軌道，
呃，從現在開始……

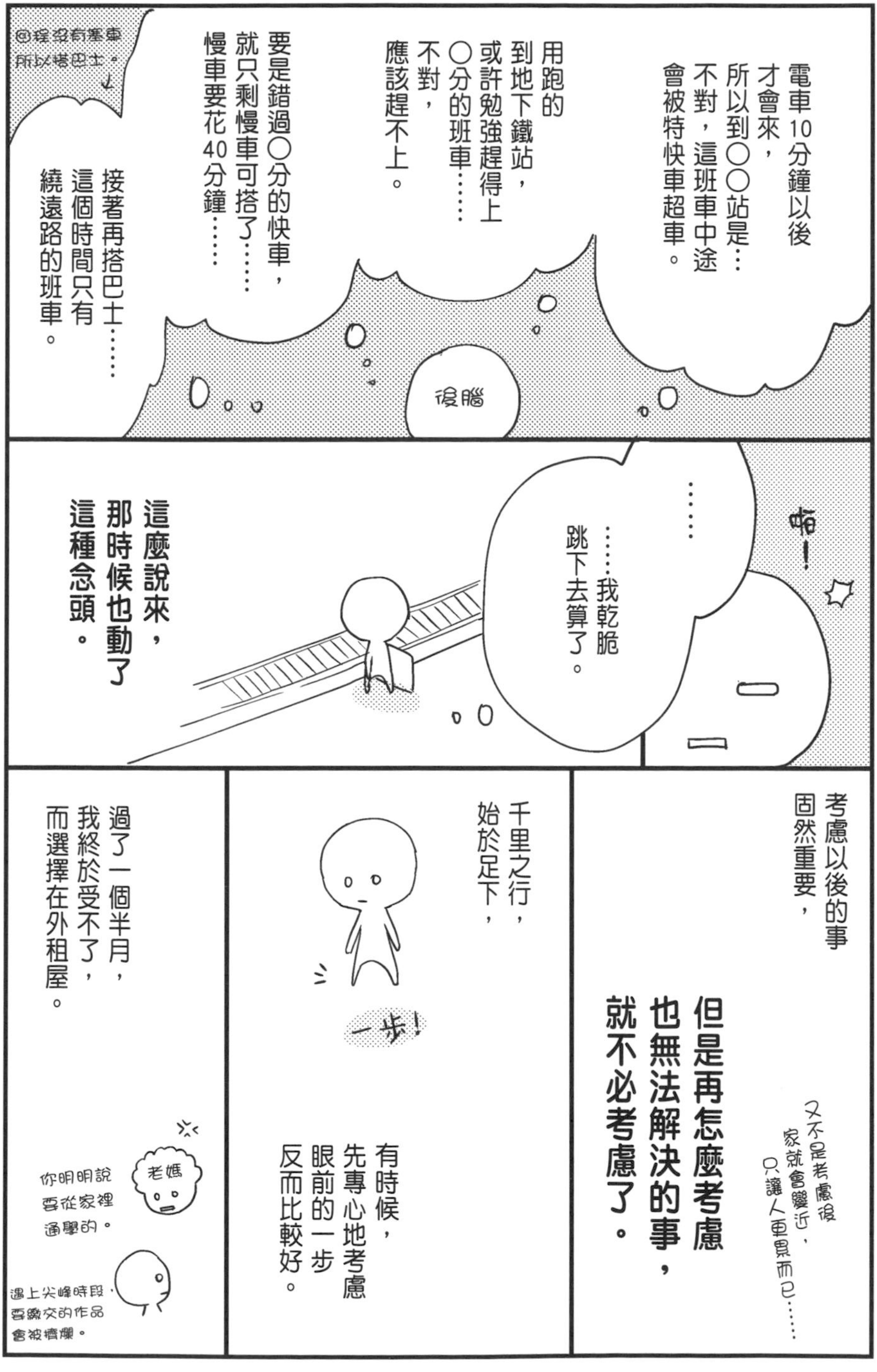
電車10分鐘以後才會來，所以到○○站是…不對，這班車中途會被特快車超車。
用跑的到地下鐵站，或許勉強趕得上○分的班車……不對，應該趕不上。
要是錯過○分的快車，就只剩慢車可搭了……慢車要花40分鐘……
接著再搭巴士……這個時間只有繞遠路的班車。
回程沒有電車所以搭巴士。
後腦
啪！
……
……我乾脆跳下去算了。
這麼說來，那時候也動了這種念頭。
考慮以後的事固然重要，
但是再怎麼考慮也無法解決的事，就不必考慮了。
又不是考慮後家就會變近，只讓人更累而已……
千里之行，始於足下，
一步！
有時候，先專心地考慮眼前的一步反而比較好。
過了一個半月，我終於受不了，而選擇在外租屋。
老媽
你明明說要從家裡通學的。
遇上尖峰時段，要繳交的作品會被擠爛。

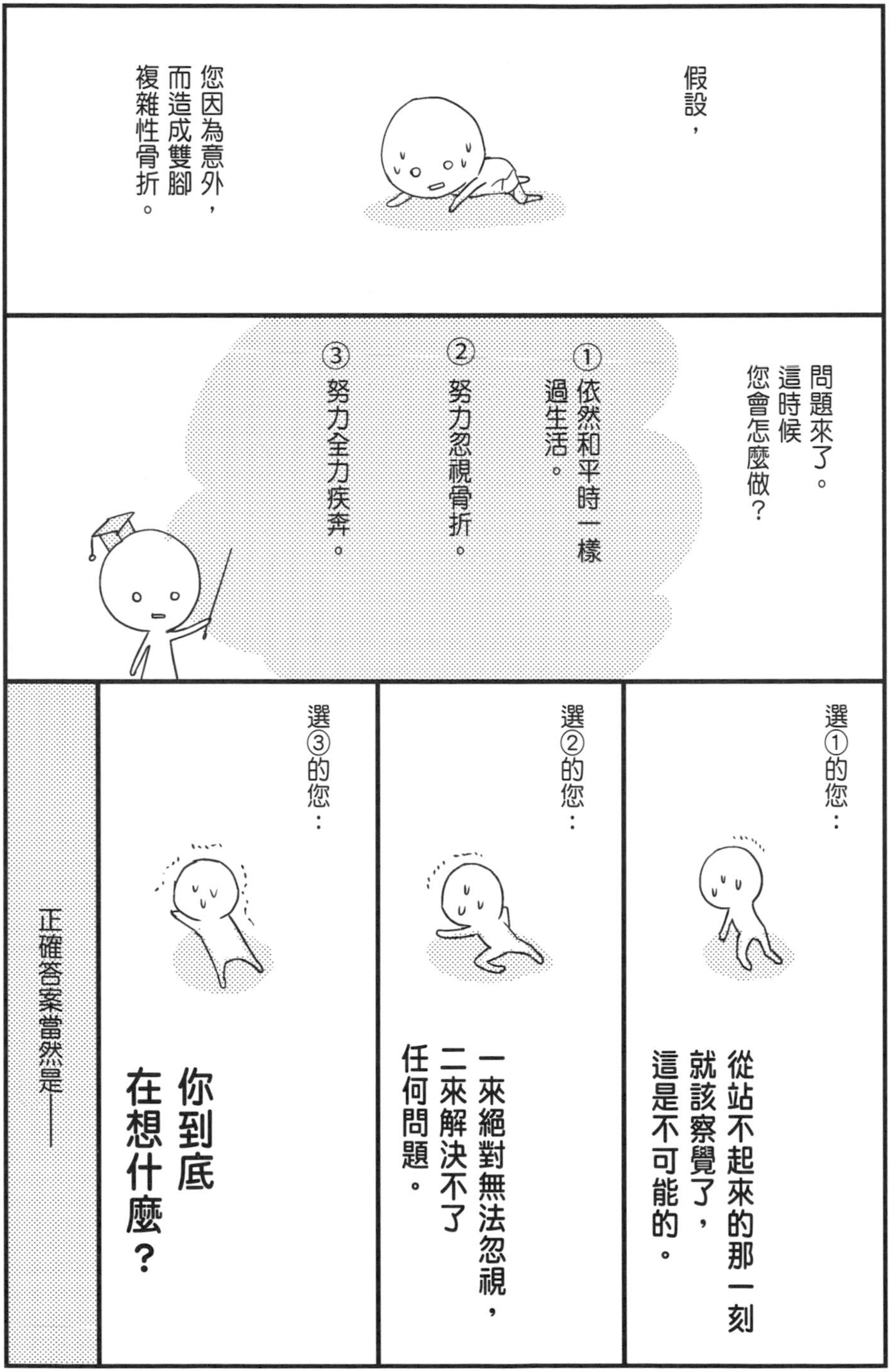
假設，
您因為意外，
而造成雙腳
複雜性骨折。
問題來了。
這時候
您會怎麼做？
①依然和平時一樣
過生活。
②努力忽視骨折。
③努力全力疾奔。
選①的您：
從站不起來的那一刻
就該察覺了，
這是不可能的。
選②的您：
一來絕對無法忽視，
二來解決不了
任何問題。
選③的您：
你到底
在想什麼？
正確答案當然是——

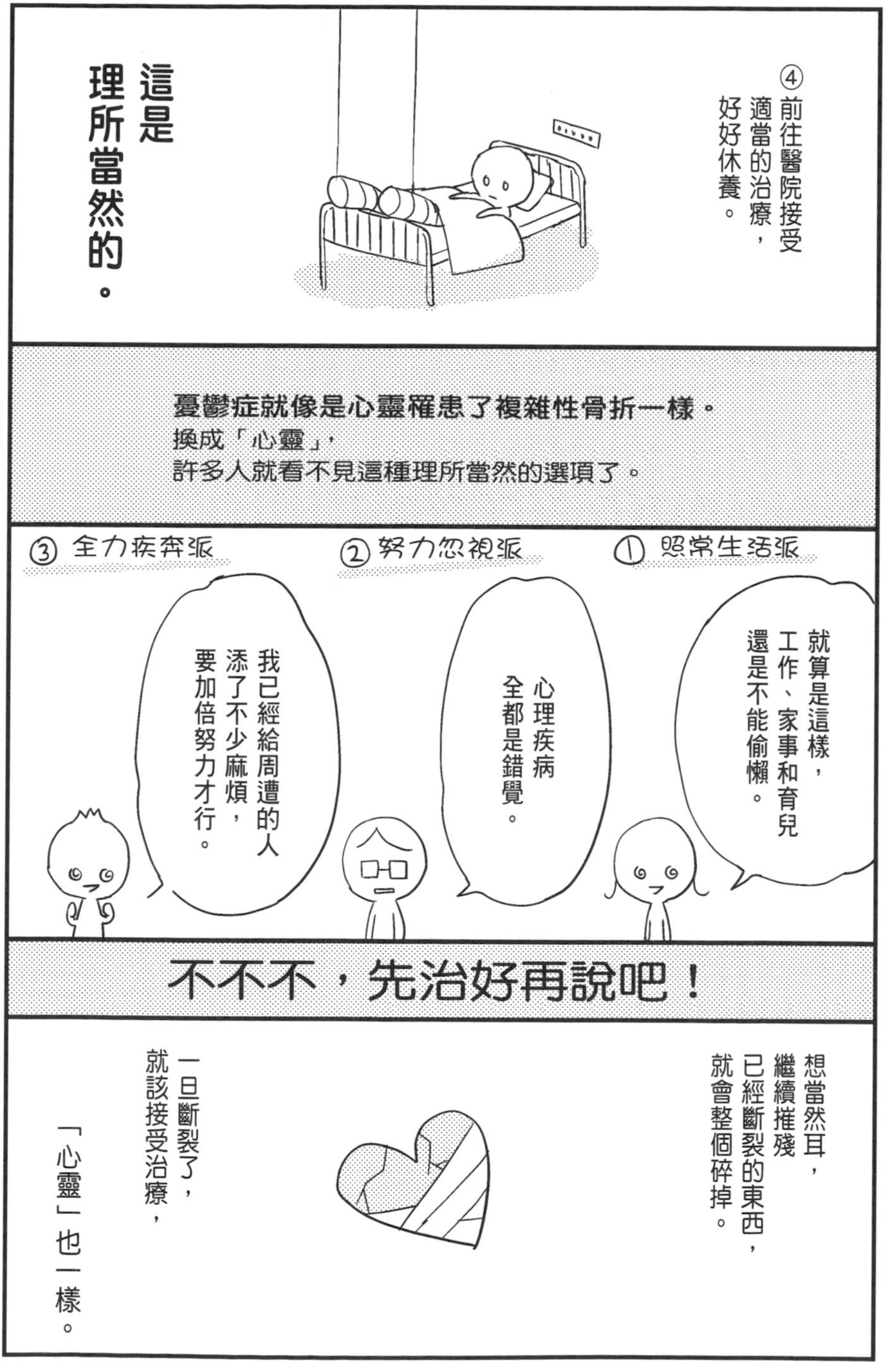
④前往醫院接受適當的治療，好好休養。
這是理所當然的。
憂鬱症就像是心靈罹患了複雜性骨折一樣。
換成「心靈」，
許多人就看不見這種理所當然的選項了。
①照常生活派
就算是這樣，工作、家事和育兒還是不能偷懶。
②努力忽視派
心理疾病全都是錯覺。
③全力疾奔派
我已經給周遭的人添了不少麻煩，要加倍努力才行。
不不不，先治好再說吧！
想當然耳，繼續摧殘已經斷裂的東西，就會整個碎掉。
一旦斷裂了，就該接受治療，
「心靈」也一樣。

附錄

外子與我①

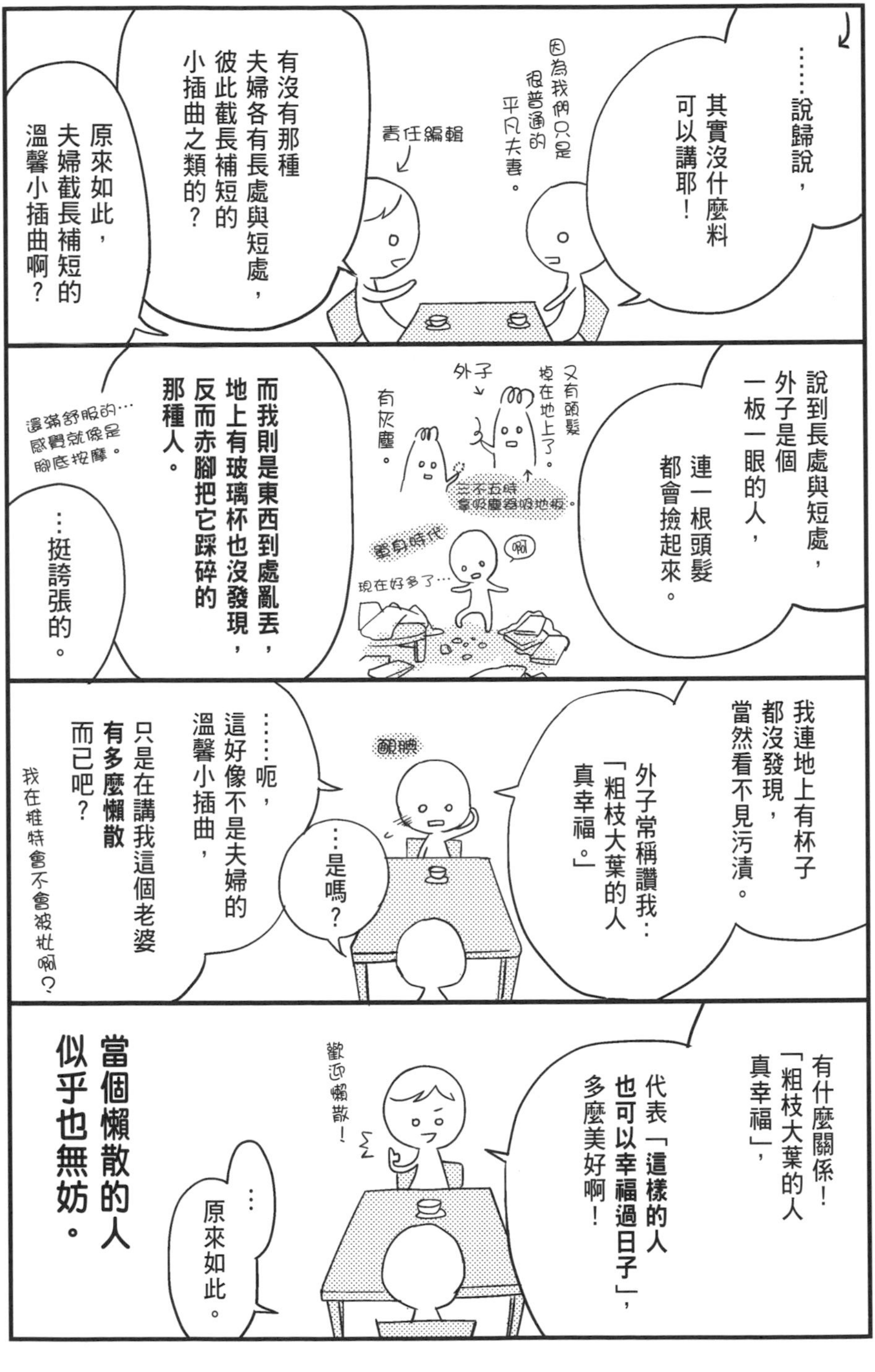

……說歸說，其實沒什麼料可以講耶！
因為我們只是很普通的平凡夫妻。
責任編輯
有沒有那種夫婦各有長處與短處，彼此截長補短的小插曲之類的？
原來如此，夫婦截長補短的溫馨小插曲啊？
說到長處與短處，外子是個一板一眼的人，
連一根頭髮都會撿起來。
又有頭髮掉在地上了。
外子
有灰塵。
三不五時拿吸塵器吸地板。
單身時代
啊
現在好多了…
而我則是東西到處亂丟，地上有玻璃杯也沒發現，反而赤腳把它踩碎的那種人。
還滿舒服的…感覺就像是腳底按摩。
…挺誇張的。
我連地上有杯子都沒發現，當然看不見污漬。
外子常稱讚我：「粗枝大葉的人真幸福。」
醜聽
…是嗎？
……呃，這好像不是夫婦的溫馨小插曲，
只是在講我這個老婆有多麼懶散而已吧？
我在推特會不會被批啊？
有什麼關係！「粗枝大葉的人真幸福」，
代表「這樣的人也可以幸福過日子」，多麼美好啊！
歡迎懶散！
…原來如此。
當個懶散的人似乎也無妨。

第一次上身心內科

告訴我！Ｙｕｕｋｉ醫生
＜番外篇＞

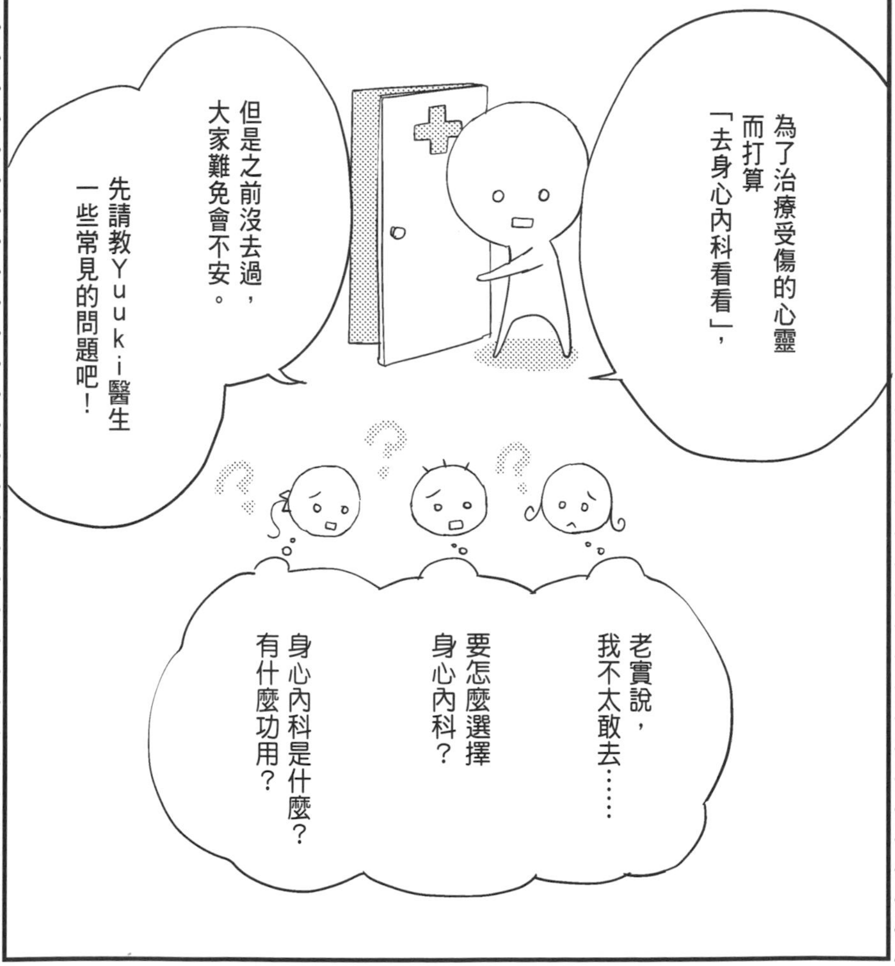

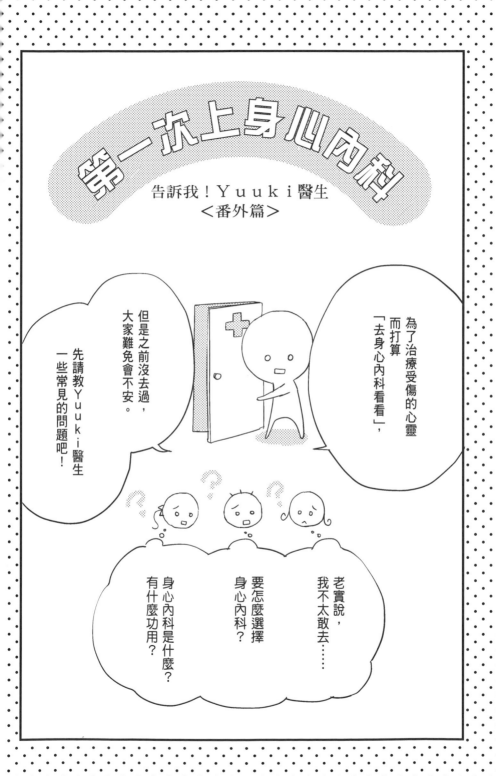

<第一次上身心內科①>

可以為了這種事打電話嗎？

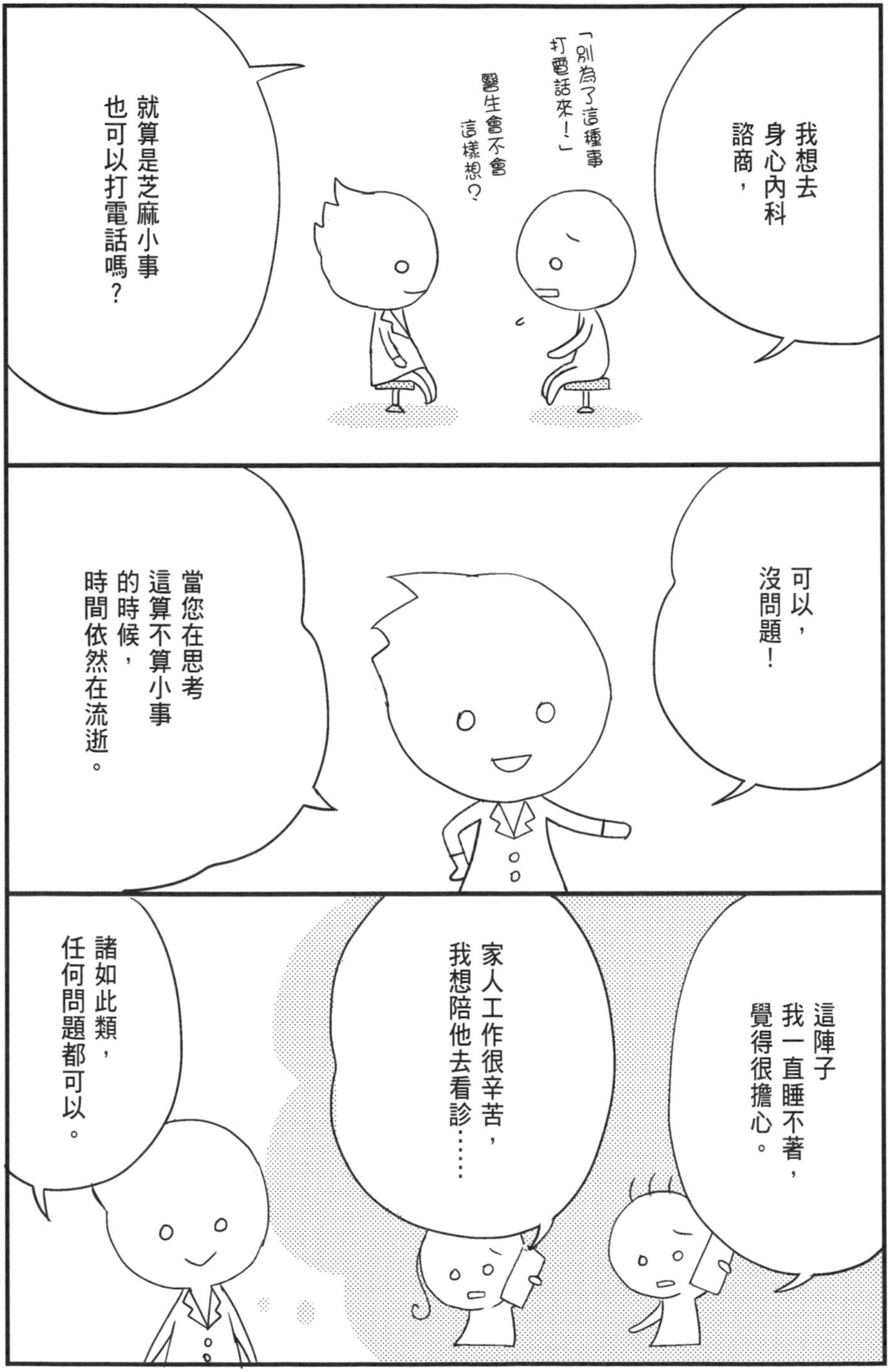

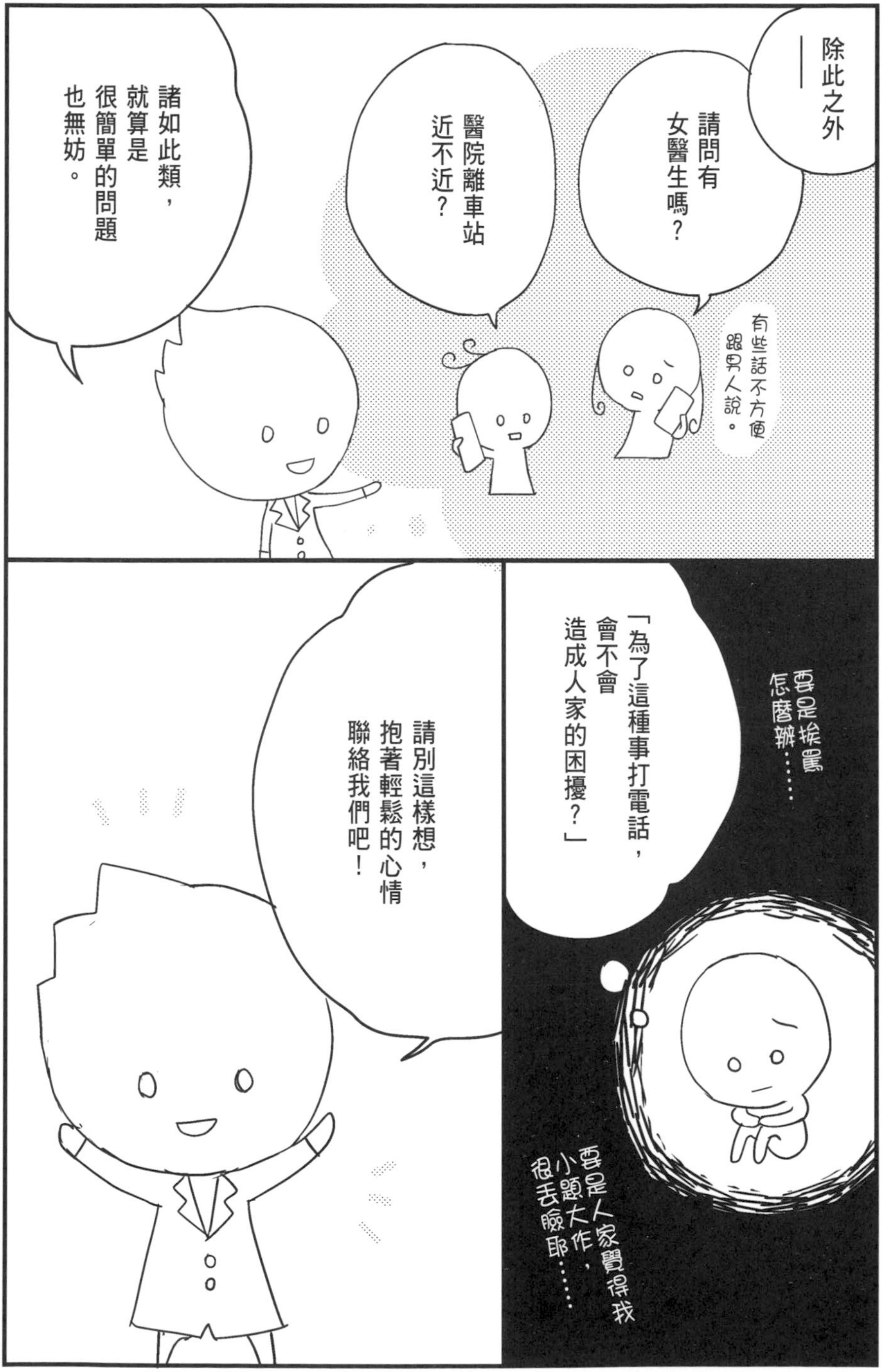
除此之外——
請問有女醫生嗎？
有些話不方便跟男人說。
醫院離車站近不近？
諸如此類，就算是很簡單的問題也無妨。
「為了這種事打電話，會不會造成人家的困擾？」
要是挨罵怎麼辦……
要是人家覺得我小題大作，很丟臉耶……
請別這樣想，抱著輕鬆的心情聯絡我們吧！

<第一次上身心內科②>

如果打電話會緊張

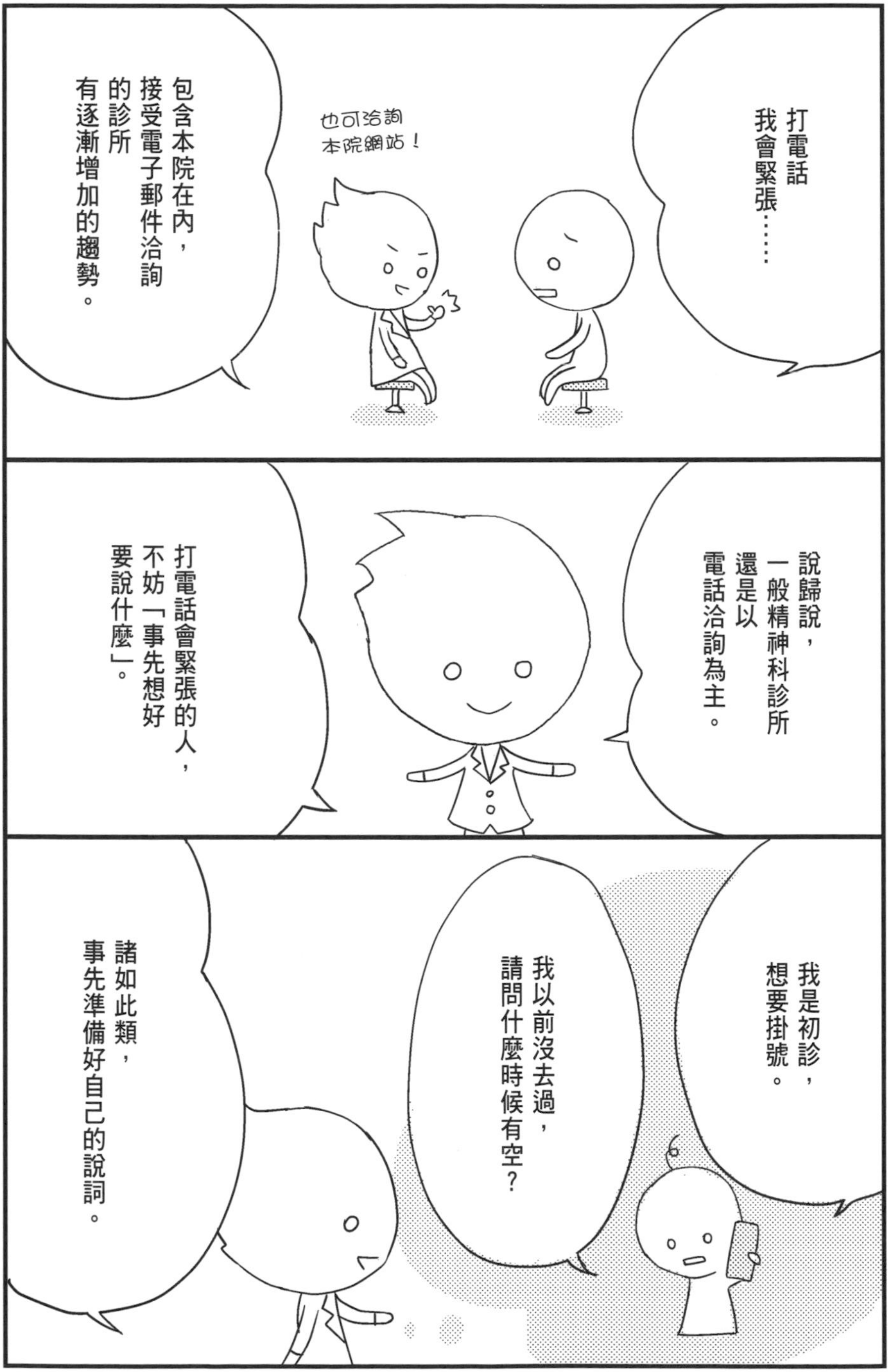
打電話我會緊張……
也可洽詢本院網站！
包含本院在內，接受電子郵件洽詢的診所有逐漸增加的趨勢。
說歸說，一般精神科診所還是以電話洽詢為主。
打電話會緊張的人，不妨「事先想好要說什麼」。
我是初診，想要掛號。
我以前沒去過，請問什麼時候有空？
諸如此類，事先準備好自己的說詞。

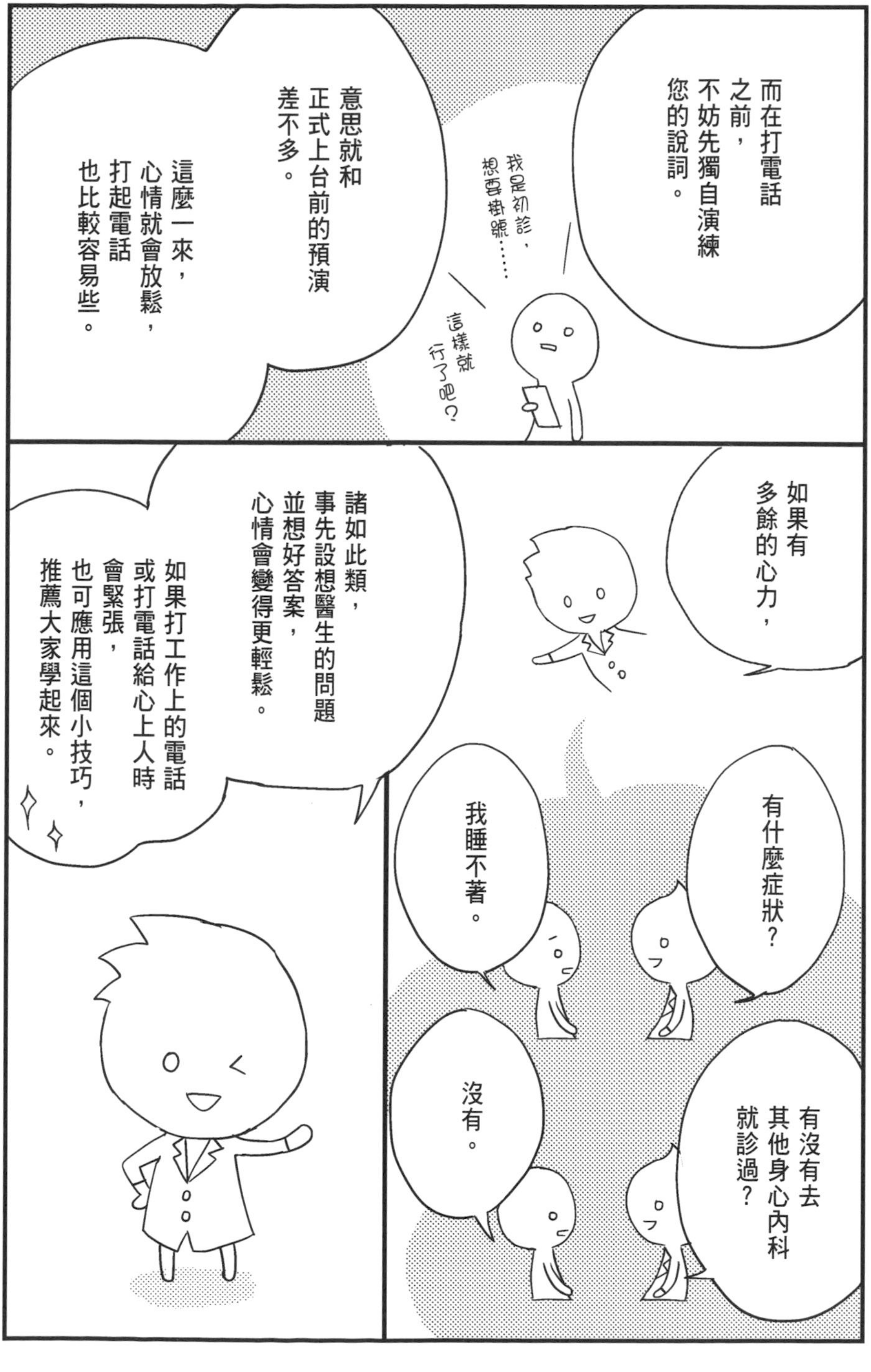
而在打電話之前，不妨先獨自演練您的說詞。
我是初診，想要掛號……
這樣就行了吧？
意思就和正式上台前的預演差不多。
這麼一來，心情就會放鬆，打起電話也比較容易些。
如果有多餘的心力，
有什麼症狀？
我睡不著。
有沒有去其他身心內科就診過？
沒有。
諸如此類，事先設想醫生的問題並想好答案，心情會變得更輕鬆。
如果打工作上的電話或打電話給心上人時會緊張，也可應用這個小技巧，推薦大家學起來。

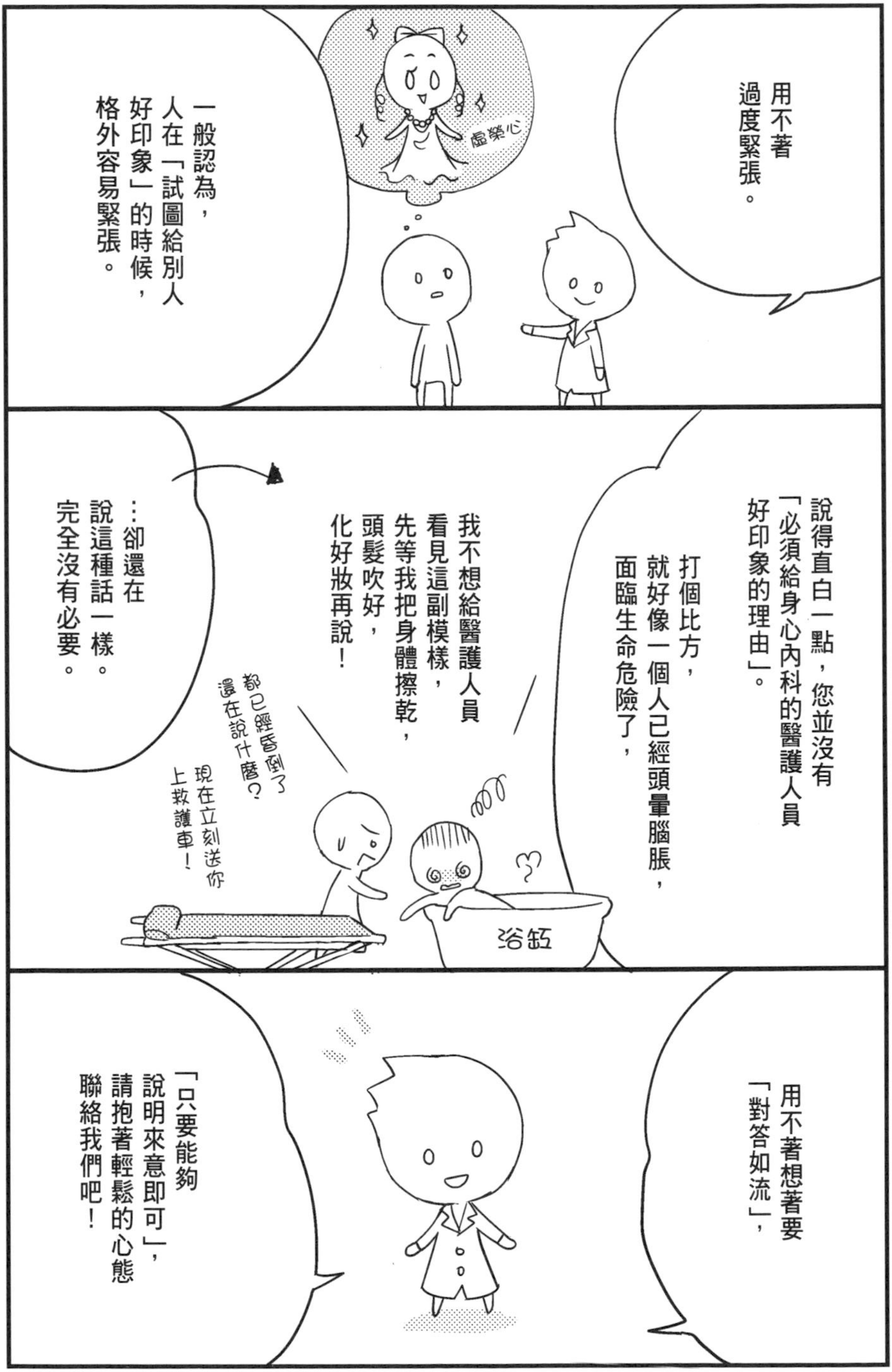
用不著過度緊張。
虛榮心
一般認為，人在「試圖給別人好印象」的時候，格外容易緊張。
說得直白一點，您並沒有「必須給身心內科的醫護人員好印象的理由」。
打個比方，就好像一個人已經頭暈腦脹，面臨生命危險了，
我不想給醫護人員看見這副模樣，先等我把身體擦乾，頭髮吹好，化好妝再說！
都已經昏倒了還在說什麼？
現在立刻送你上救護車！
浴缸
…卻還在說這種話一樣。完全沒有必要。
用不著想著要「對答如流」，
「只要能夠說明來意即可」，請抱著輕鬆的心態聯絡我們吧！

＜第一次上身心內科③＞

如何選擇適合自己的身心內科？

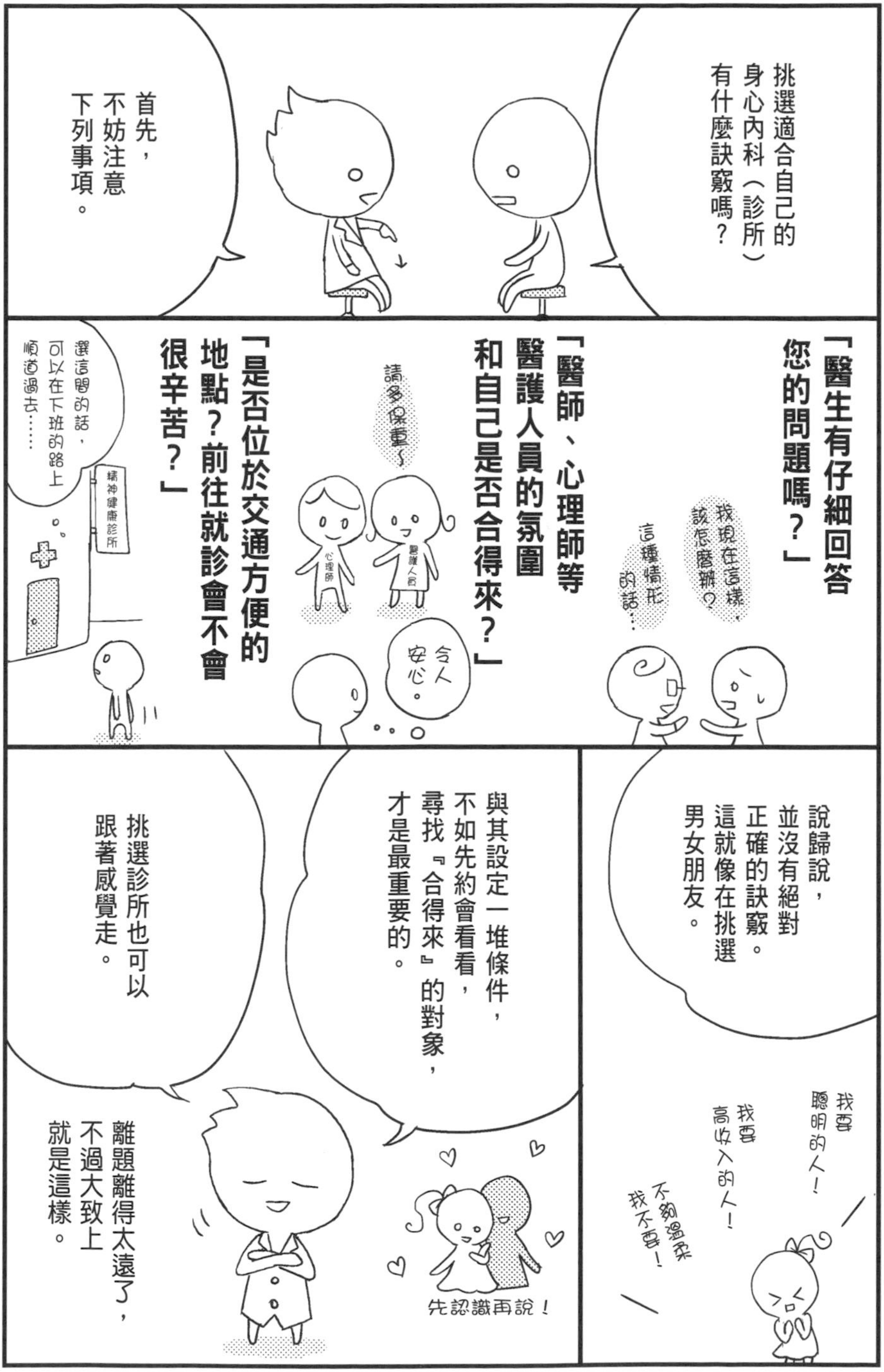

挑選適合自己的身心內科（診所）有什麼訣竅嗎？
首先，不妨注意下列事項。
「醫生有仔細回答您的問題嗎？」
我現在這樣，該怎麼辦？
這種情形的話……
「醫師、心理師等醫護人員的氛圍和自己是否合得來？」
請多保重～
心理師
醫護人員
令人安心。
「是否位於交通方便的地點？前往就診會不會很辛苦？」
選這間的話，可以在下班的路上順道過去……
精神健康診所
說歸說，並沒有絕對正確的訣竅。這就像在挑選男女朋友。
我要聰明的人！
我要高收入的人！
不夠溫柔我不要！
與其設定一堆條件，不如先約會看看，尋找『合得來』的對象，才是最重要的。
先認識再說！
挑選診所也可以跟著感覺走。
離題離得太遠了，不過大致上就是這樣。

身心內科是個什麼樣的地方？

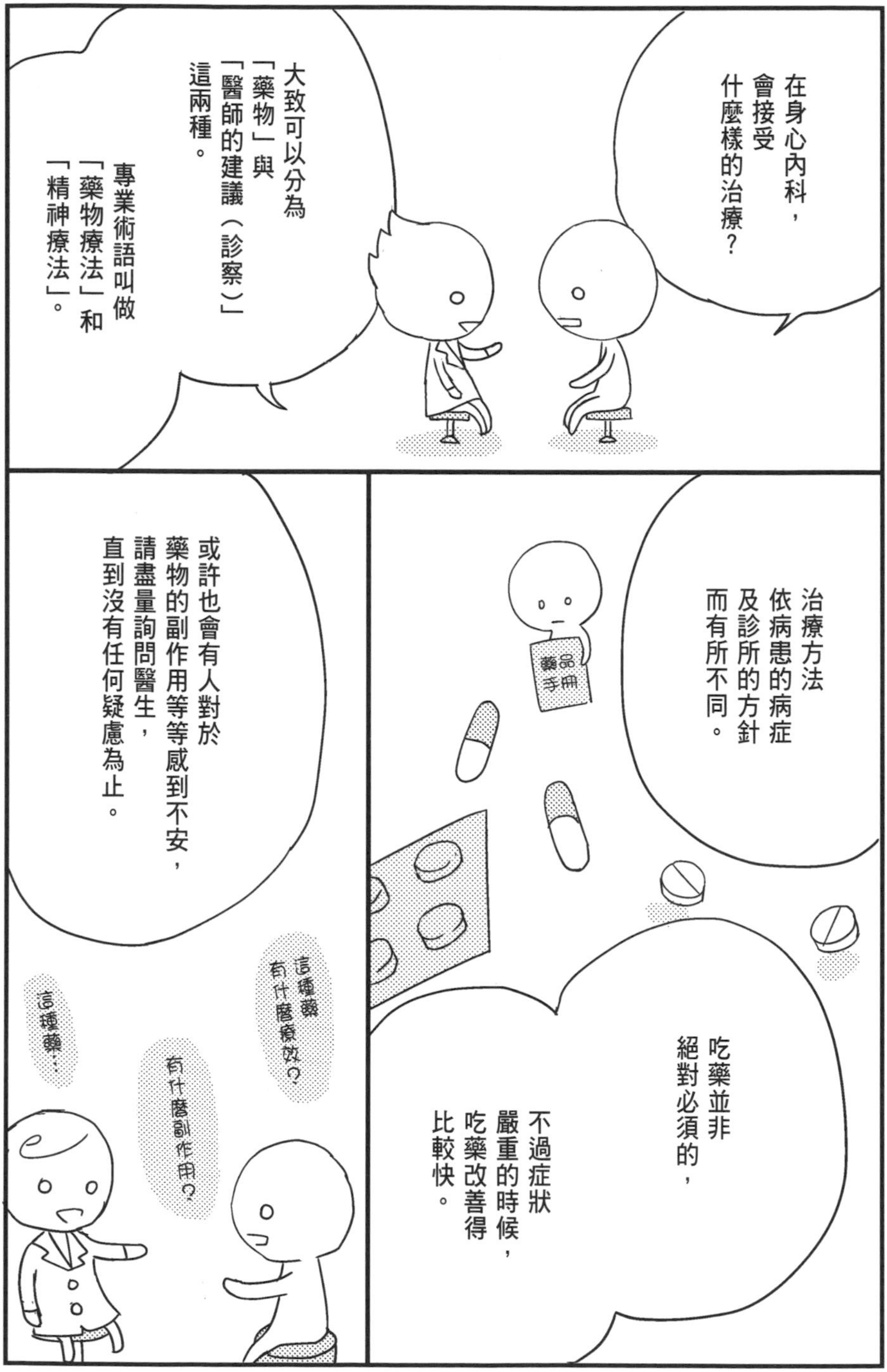
在身心內科，會接受什麼樣的治療？
大致可以分為「藥物」與「醫師的建議（診察）」這兩種。
專業術語叫做「藥物療法」和「精神療法」。
治療方法依病患的病症及診所的方針而有所不同。
吃藥並非絕對必須的，
不過症狀嚴重的時候，吃藥改善得比較快。
或許也會有人對於藥物的副作用等等感到不安，請盡量詢問醫生，直到沒有任何疑慮為止。
這種藥有什麼療效？
有什麼副作用？
這種藥…

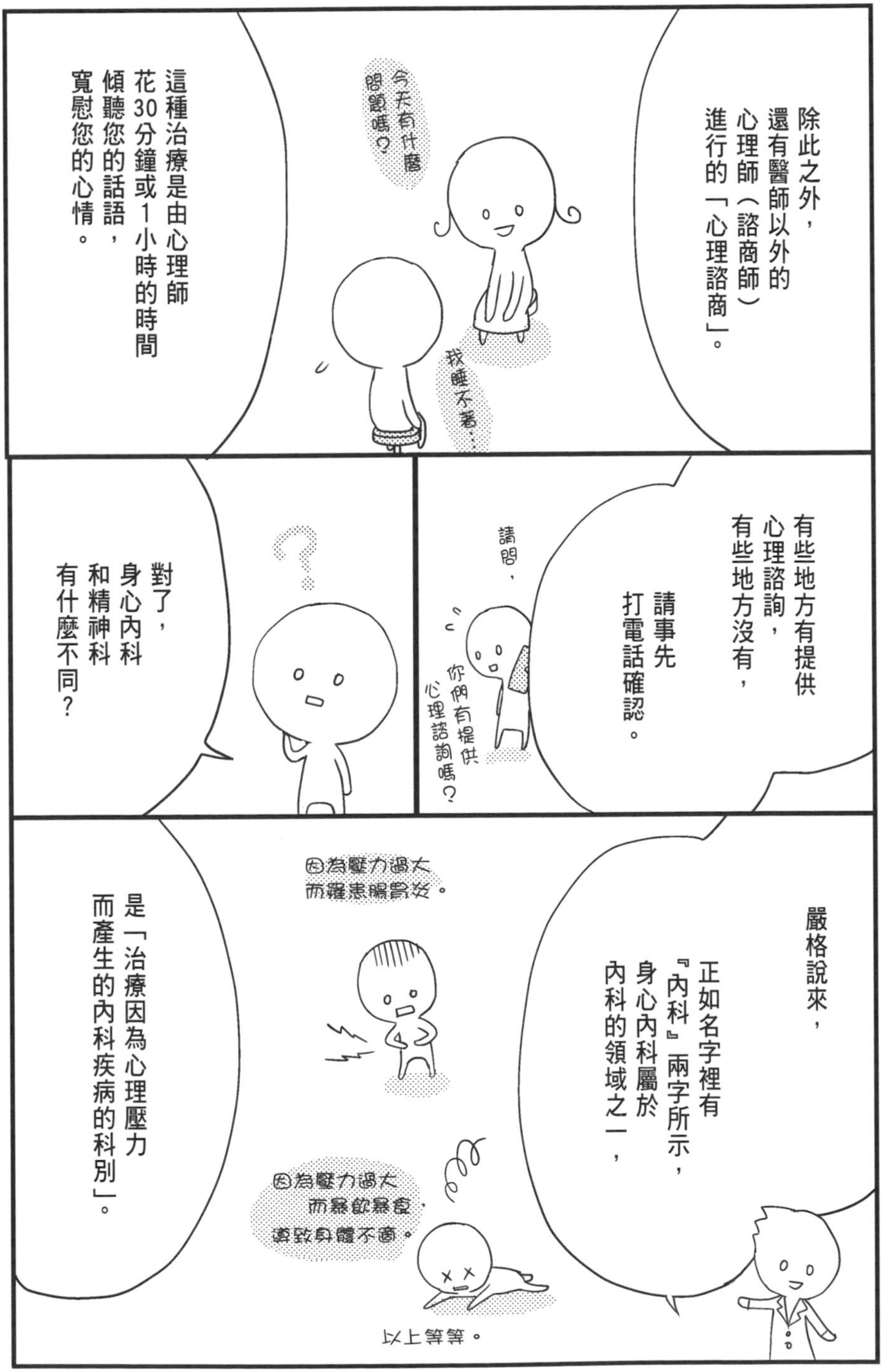
除此之外，還有醫師以外的心理師（諮商師）進行的「心理諮商」。
今天有什麼問題嗎？
我睡不著……
這種治療是由心理師花30分鐘或1小時的時間傾聽您的話語，寬慰您的心情。
有些地方有提供心理諮詢，有些地方沒有，請事先打電話確認。
請問，
你們有提供心理諮詢嗎？
？
對了，身心內科和精神科有什麼不同？
嚴格說來，正如名字裡有『內科』兩字所示，身心內科屬於內科的領域之一，
因為壓力過大而罹患腸胃炎。
因為壓力過大而暴飲暴食，導致身體不適。
以上等等。
是「治療因為心理壓力而產生的內科疾病的科別」。

「精神科」則是「處理所有心理問題的科別」。
不安、焦慮、幻覺、幻聽等等。
然而，實際上身心內科和精神科的區別變得非常模糊，也是不爭的事實。
就一般人的感覺而言，身心內科大概就等於比較溫和的精神科吧！
許多精神科診所，標榜的是「身心內科．精神科」雙方。
身心內科
精神科
心內科
內科
只寫「身心內科．內科」的診所，有可能是由內科出身的醫生看診。
因此，如果是單純的憂鬱症，
建議前往標榜「身心內科．精神科」或名為「精神科診所」的診所就診。
身心內科・精神科
精神科診所

<第一次上身心內科⑤>

Yuuki 醫生的建議

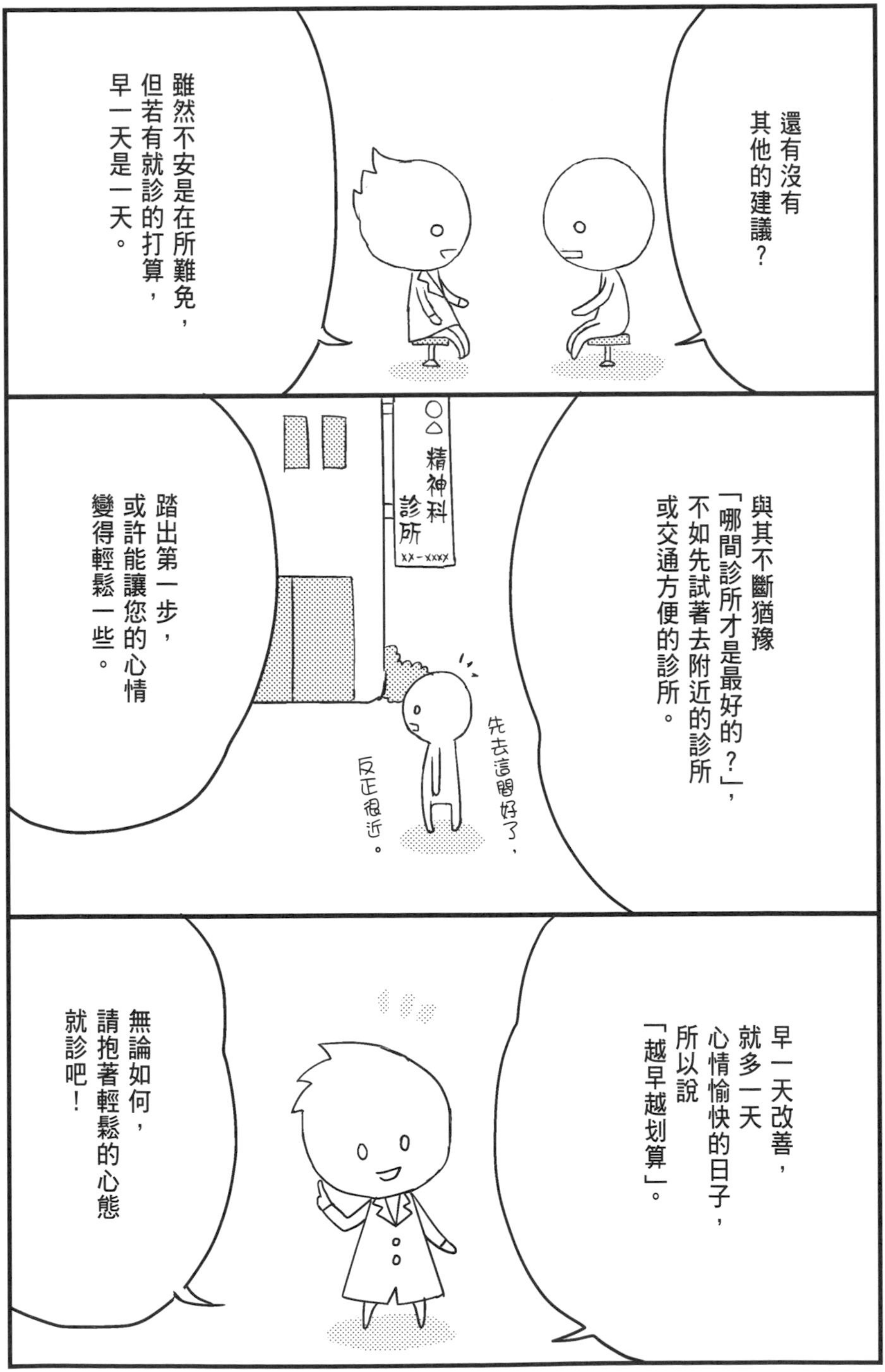
還有沒有其他的建議？
雖然不安是在所難免，但若有就診的打算，早一天是一天。
與其不斷猶豫「哪間診所才是最好的？」，不如先試著去附近的診所或交通方便的診所。
○△ 精神科診所 XX-XXXX
先去這間好了，
反正很近。
踏出第一步，或許能讓您的心情變得輕鬆一些。
早一天改善，就多一天心情愉快的日子，所以說「越早越划算」。
無論如何，請抱著輕鬆的心態就診吧！

Q 該在什麼階段去身心內科或精神科診所就診？

A

答案很簡單。

就是「困擾的時候」。

一旦有礙於日常生活，就該盡早就診。

說歸說，或許也有人「不知道自己是否困擾」，所以我們就在此列出具體的標準吧！

①失眠

憂鬱症的代表性症狀之一就是失眠。

鑽進被窩過了一小時還是睡不著的狀態，若是持續一週以上就要多加注意了。

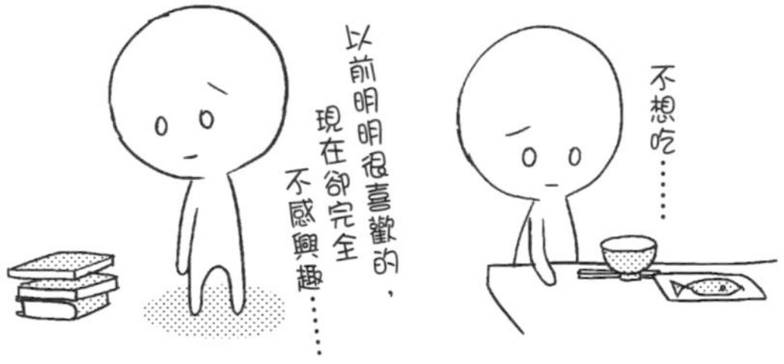

②食慾不振

罹患憂鬱症，往往會導致食慾降低。

喜歡的料理擺在眼前卻依然不想吃，或是吃任何東西都不覺得好吃，就要多加注意了。

③不想工作

不想工作的心情，每個人或多或少都有。

不過，一到上班日早上就憂鬱不已，甚至出現反胃症狀的話，就很有可能是憂鬱症。

④無法從喜愛的事物或嗜好中感受到樂趣

人類能夠透過享受喜愛的事物與嗜好來忘記討厭的事，萌生「明天繼續加油」的念頭。

然而，一旦罹患憂鬱症，就無法再從熱愛的事物和興趣之中感受到樂趣了。

如果開始覺得從前熱愛的事物變得很麻煩或不再有趣，就要多加注意了。

⑤萌生尋死念頭的次數變多

頻繁地萌生尋死念頭，也是憂鬱症的症狀之一。

走到陽台，「如果從這裡跳下去……」

看到菜刀，「如果用這個刺下去……」

這類念頭經常閃過腦海。

想當然耳，若是付諸行動，後果不堪設想。而開始萌生這類念頭，就是憂鬱症的開端。

精神科
診所
總之先去
比較方便前往的醫院。

本書開頭和64頁（「別考慮以後的事」）的「乾脆跳下鐵軌算了……」，同樣也是屬於這種症狀。

上述五點之中若有三點以上符合，最好前往身心內科就診。

即使只有一、兩點符合，如果持續一個月以上，或許也該考慮前往身心內科就診。

雖然決定前往身心內科就診，卻不知道「哪一間醫院比較好」的人也不少。

我個人的建議是：

「不管去哪間都行，總之快點去。」

當然，或許會有合不合適或好壞的問題，但若是要思考這些問題，根本沒完沒了。比方說，受了重傷，被送上救護車的

可以掛號嗎？
那就麻煩您了。

時候——

「等一下！請送我去最好的急救醫院！啊，我不要那間！我要有更好的名醫那間！！」

應該沒有人會這麼說吧！

總之，「去哪間都行，盡快就診」。早一天治好心理疾病，是最重要的事。

位於交通方便的地點，也是一個充分的理由。

特別是有很多精神科診所不容易掛號。

隨意找幾間診所打電話詢問，並選擇「近日內可掛號的地方」，也是個可行的方法。

先去就診一次，如果覺得「不合適」，再考慮其他診所即可。

順道一提，如果實在找不到好地方，推薦您去Yu精神科診所（打個含蓄的小廣告，敬請見諒）。

無論如何，請抱著輕鬆的心態考慮就診吧！

附錄 外子與我②

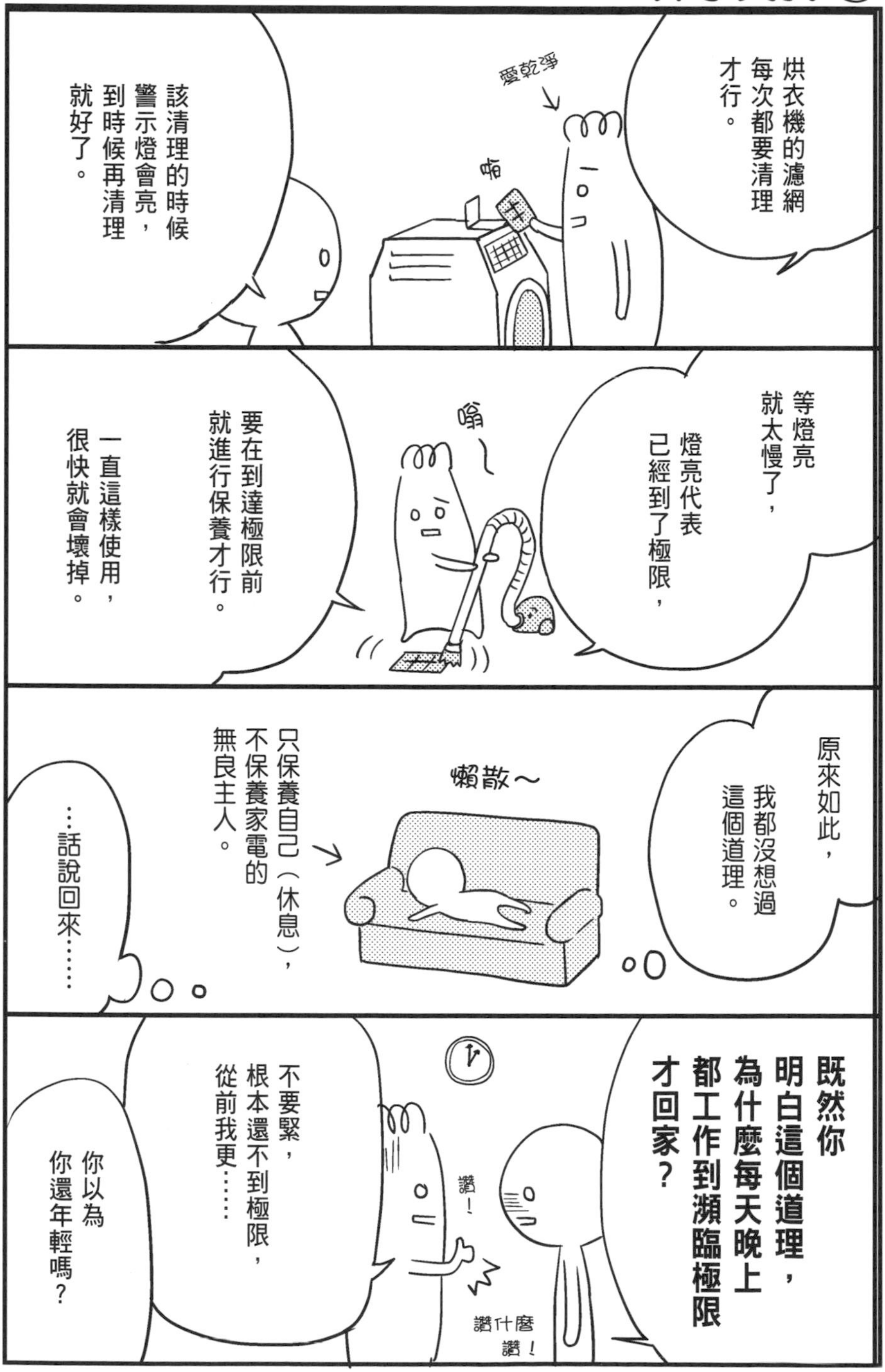

烘衣機的濾網每次都要清理才行。
愛乾淨
啪
該清理的時候警示燈會亮，到時候再清理就好了。
等燈亮就太慢了，
燈亮代表已經到了極限，
嗡～
要在到達極限前就進行保養才行。
一直這樣使用，很快就會壞掉。
原來如此，
我都沒想過這個道理。
懶散～
只保養自己（休息），不保養家電的無良主人。
……話說回來……
既然你明白這個道理，為什麼每天晚上都工作到瀕臨極限才回家？
不要緊，根本還不到極限，從前我更……
讚！
讚什麼讚！
你以為你還年輕嗎？

第4章

如何活出自己的人生

方向盤

你開的車子上，
噗
坐著形形色色的人，個個都對你頤指氣使。
那邊很危險！
往右！
往左！
你的開車技術太爛了！
給我開！
停下來！
繼續開！
不是那一邊!!
咦？咦？往右？往左？
白癡！不對啦！
照我說的去做！
該停下來？還是繼續開？
我覺得該往右邊……
往左邊！
咦？
左邊……？
鏗鏘！

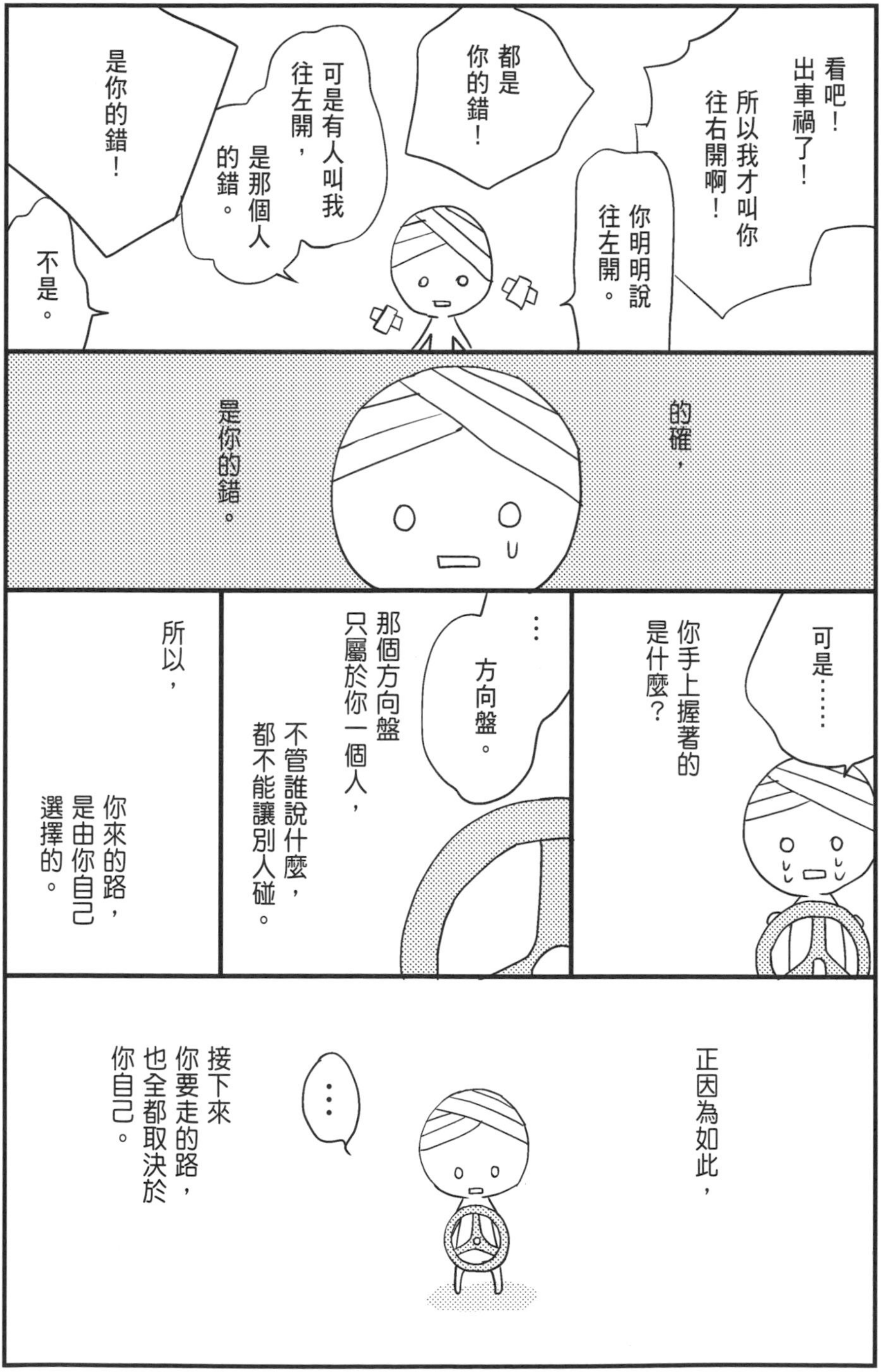

看吧！出車禍了！
所以我才叫你往右開啊！
你明明說往左開。
都是你的錯！
可是有人叫我往左開，
是那個人的錯。
是你的錯！
不是。
的確，
是你的錯。
可是……
你手上握著的是什麼？
…
方向盤。
那個方向盤只屬於你一個人，
不管誰說什麼，都不能讓別人碰。
所以，
你來的路，是由你自己選擇的。
正因為如此，
…
接下來你要走的路，也全都取決於你自己。

即使有判斷力也無法辭職的理由

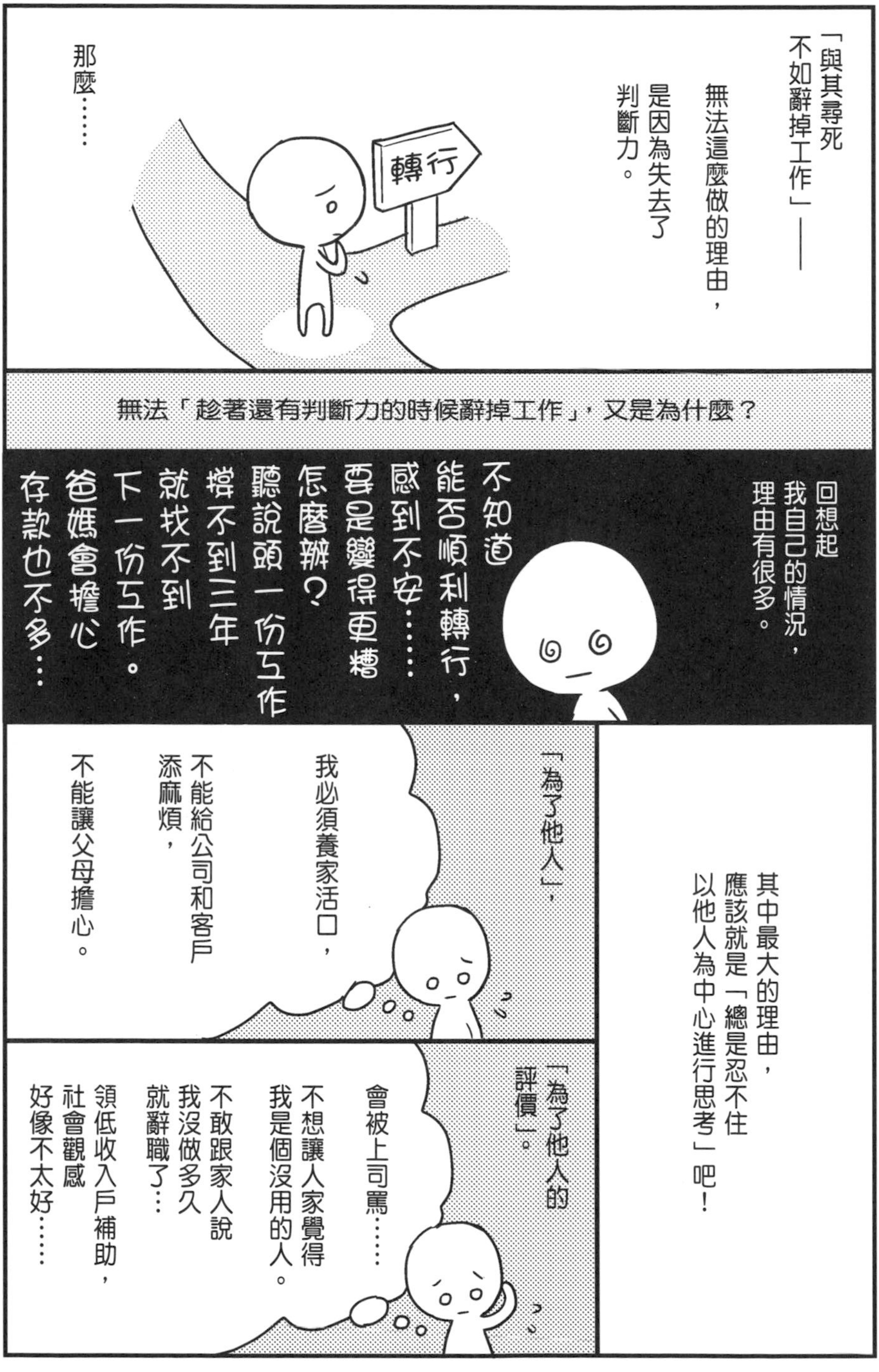
「與其尋死不如辭掉工作」——
無法這麼做的理由，
是因為失去了判斷力。
轉行
那麼……
無法「趁著還有判斷力的時候辭掉工作」，又是為什麼？
回想起我自己的情況，理由有很多。
不知道能否順利轉行，感到不安……
要是變得更糟怎麼辦？
聽說頭一份工作撐不到三年就找不到下一份工作。
爸媽會擔心
存款也不多…
其中最大的理由，應該就是「總是忍不住以他人為中心進行思考」吧！
「為了他人」，
我必須養家活口，
不能給公司和客戶添麻煩，
不能讓父母擔心。
「為了他人的評價」。
會被上司罵……
不想讓人家覺得我是個沒用的人。
不敢跟家人說我沒做多久就辭職了…
領低收入戶補助，社會觀感好像不太好……

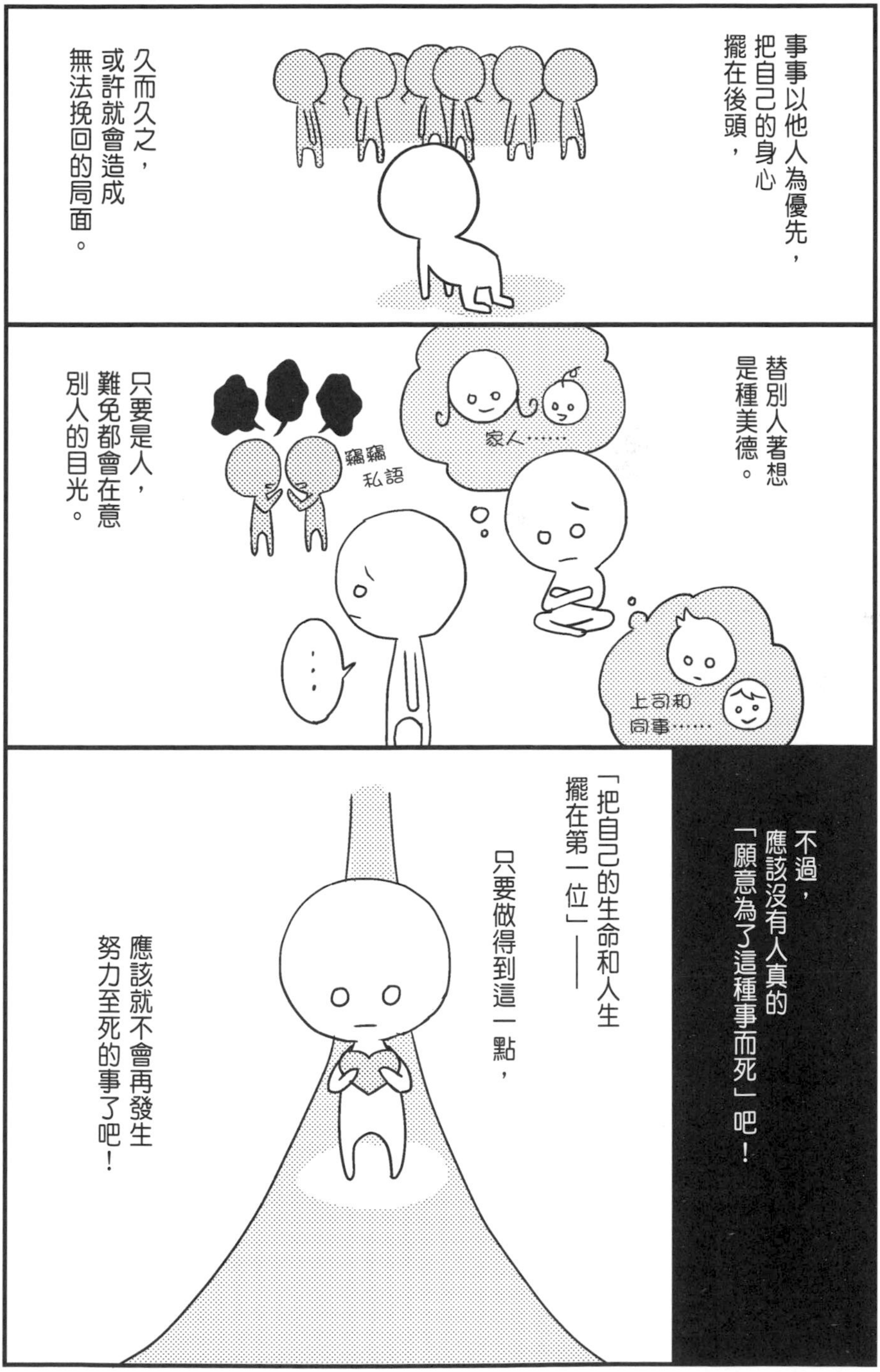
事事以他人為優先，
把自己的身心
擺在後頭，
久而久之，
或許就會造成
無法挽回的局面。
替別人著想
是種美德。
家人……
上司和同事……
竊竊私語
……
只要是人，
難免都會在意
別人的目光。
不過，
應該沒有人真的
「願意為了這種事而死」吧！
「把自己的生命和人生
擺在第一位」——
只要做得到這一點，
應該就不會再發生
努力至死的事了吧！

靠自己保護自己

我的母親曾經在就業服務處工作。
啊，妳回來啦！
啜飲…
……
關西人
今天來的人…
照著公司的指示工作，導致身體傷殘，
公司不但不負責，還把他開除了。
可是他身體傷殘，找不到下一份工作。
……出事的時候，公司不會替妳做任何事，
自己的身體要靠自己保護。
哦
大約是高中生
當時她對我說過這番話。

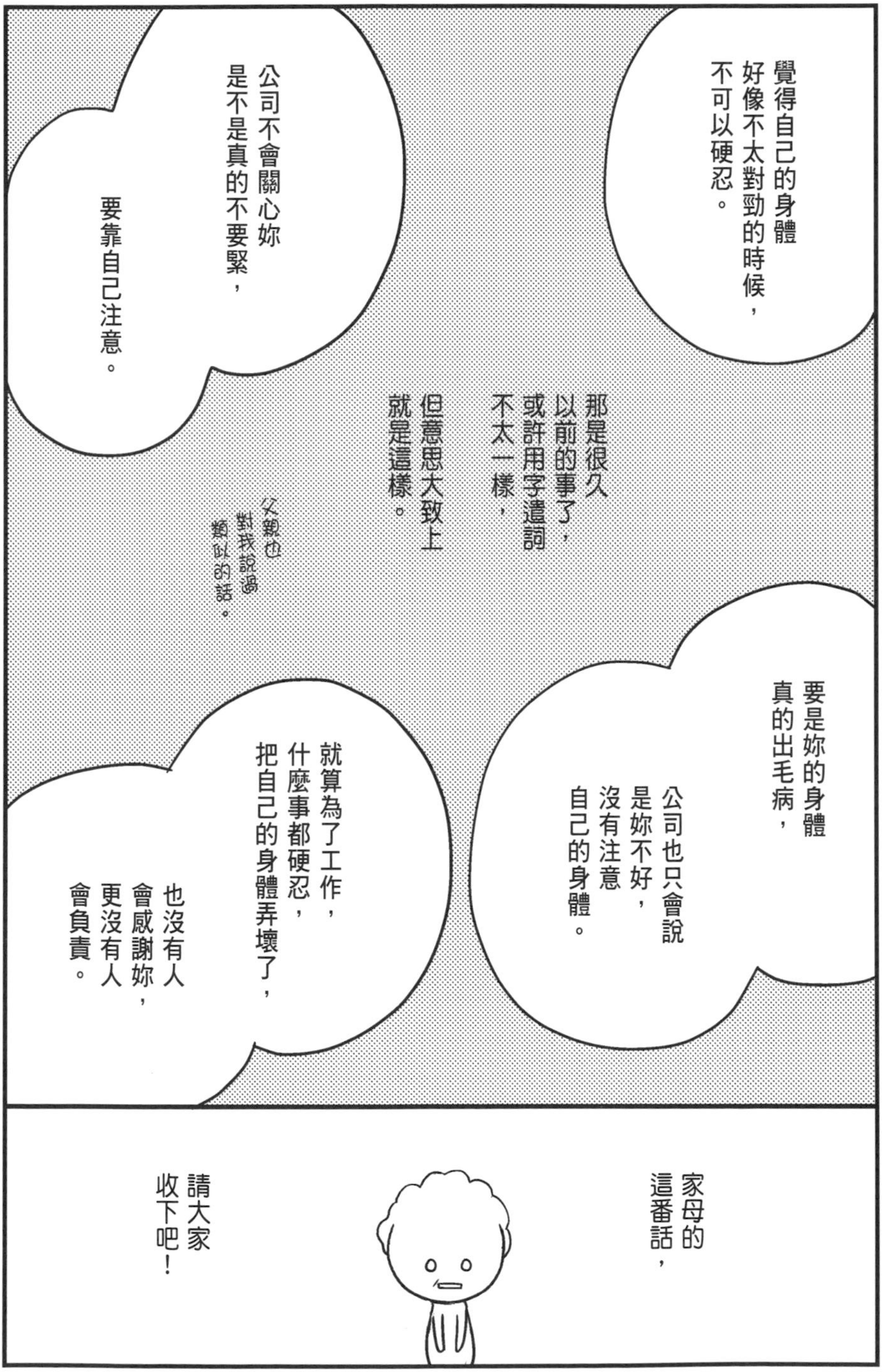
覺得自己的身體好像不太對勁的時候，不可以硬忍。
公司不會關心妳是不是真的不要緊，要靠自己注意。
那是很久以前的事了，或許用字遣詞不太一樣，但意思大致上就是這樣。
父親也對我說過類似的話。
要是妳的身體真的出毛病，
公司也只會說是妳不好，沒有注意自己的身體。
就算為了工作，什麼事都硬忍，把自己的身體弄壞了，
也沒有人會感謝妳，更沒有人會負責。
家母的這番話，
請大家收下吧！

何必巴著不放？

車站
天天加班的那陣子，有一次，
這個人有點眼熟……
我在車站遇見了兒時玩伴。
我們分享彼此的近況。
啊？每天都工作到三更半夜？什麼跟什麼？
妳的工作要領未免太差了吧！妳是白癡嗎？
踏實又優秀的朋友。
不，這不是要領的問題！
工作一直增加，就算自
的工作做完了，在晚
10點以前下班會挨罵
必須幫其他同事做。隔天
一大早就要
能熬夜……
拼命辯解！
斬釘截鐵
辭職就好了！
……咦？
幹嘛在這種公司工作？
辭職就好了啊！
妳是白癡嗎？
……咦？

因為……那是錄取的公司裡條件最好的。就算換工作，在這個業界，去哪間公司待遇都一樣差，我不覺得可以找到更好的公司。找工作很辛苦，我不想從頭找起……
……是嗎？
是啊！
……這樣啊。
說來連我自己都感到意外，這時候的我是真的有種豁然開朗的感覺。
這些問題……或許都是可以解決的……
和現在的地獄相比……
另找工作很辛苦
好不容易才錄取
更好的公司
不安
突然之間，一直死命巴著不放的東西，
似乎變得完全不重要了。
「辭職就好了啊！」
雖然腦子明白，現實上卻無法考慮的選項。
妳在那裡幹什麼？
辭職
這裡明明就有出口啊。
換工作
不安　加班　深夜
很累　很痛苦
聽了朋友的話，
我才驚覺原來「辭職」就是「一舉解決眼前所有問題的方法」。

那邊真的是「前方」嗎？

幸福的生活
聽說「幸福」，
住在山的另一頭
遙遠的天邊。
by 卡爾・布瑟「山的另一頭」
積極努力
是種美德。
好——
我要上了——
我要努力，
抓住幸福——
不過，
工作幹練、
人人稱羨、
為了變幸福，
錢也是必須的——
呼
呼
我要變成一個
朋友很多、
伴侶條件很好、
嗜好也充實、
吸引力的人——
——欸，
你要去哪裡？
看不出來嗎？
我正在為了
獲得幸福
而努力。
那・邊・
有你的
幸福嗎？
真的？
咦？

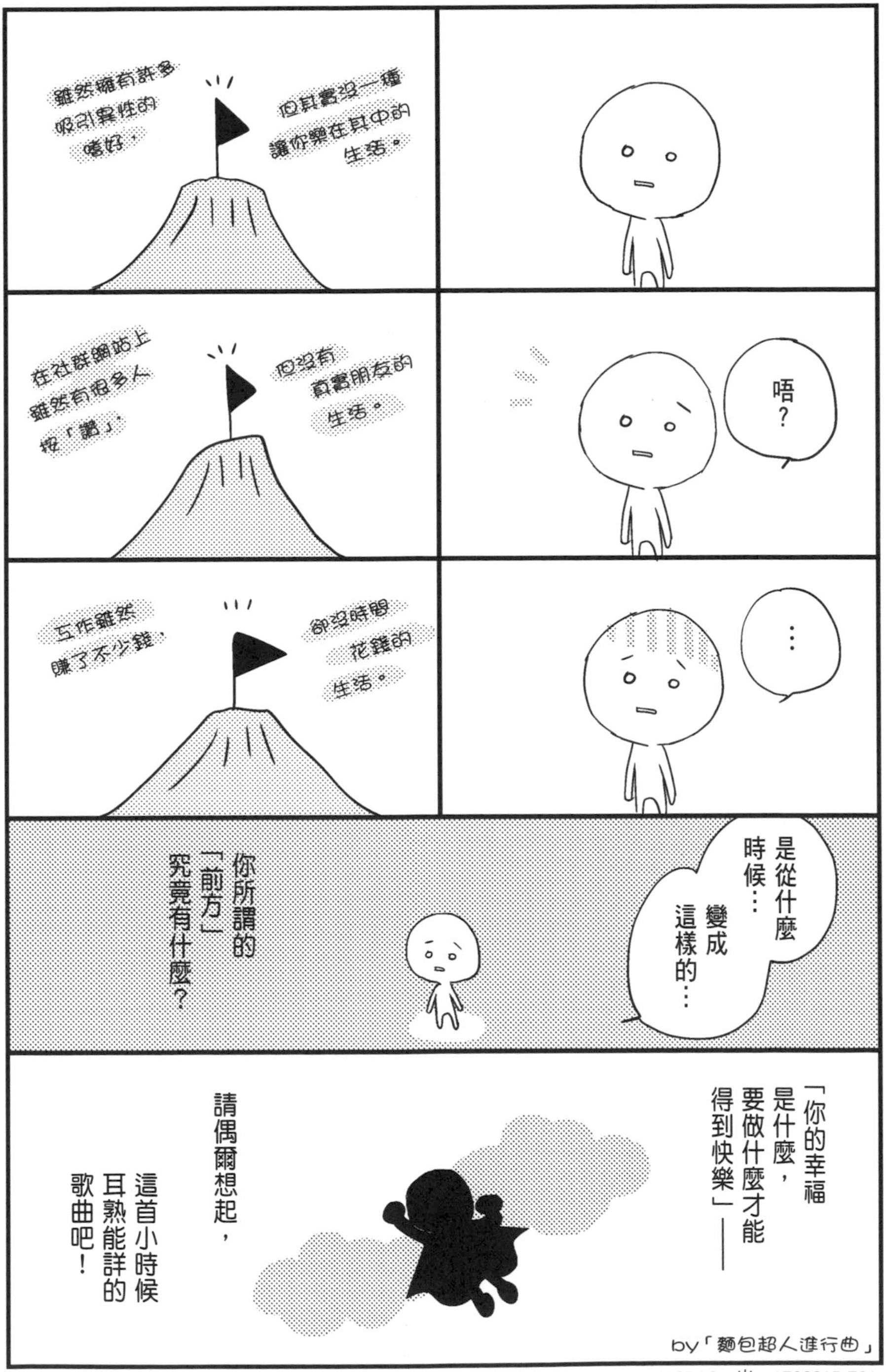
雖然擁有許多吸引異性的嗜好，
但其實沒一種讓你樂在其中的生活。
在社群網站上雖然有很多人按「讚」，
但沒有真實朋友的生活。
唔？
工作雖然賺了不少錢，
卻沒時間花錢的生活。
…
是從什麼時候…變成這樣的…
你所謂的「前方」究竟有什麼？
「你的幸福是什麼，要做什麼才能得到快樂」——
請偶爾想起，這首小時候耳熟能詳的歌曲吧！
by「麵包超人進行曲」

那塊石頭有意志嗎？

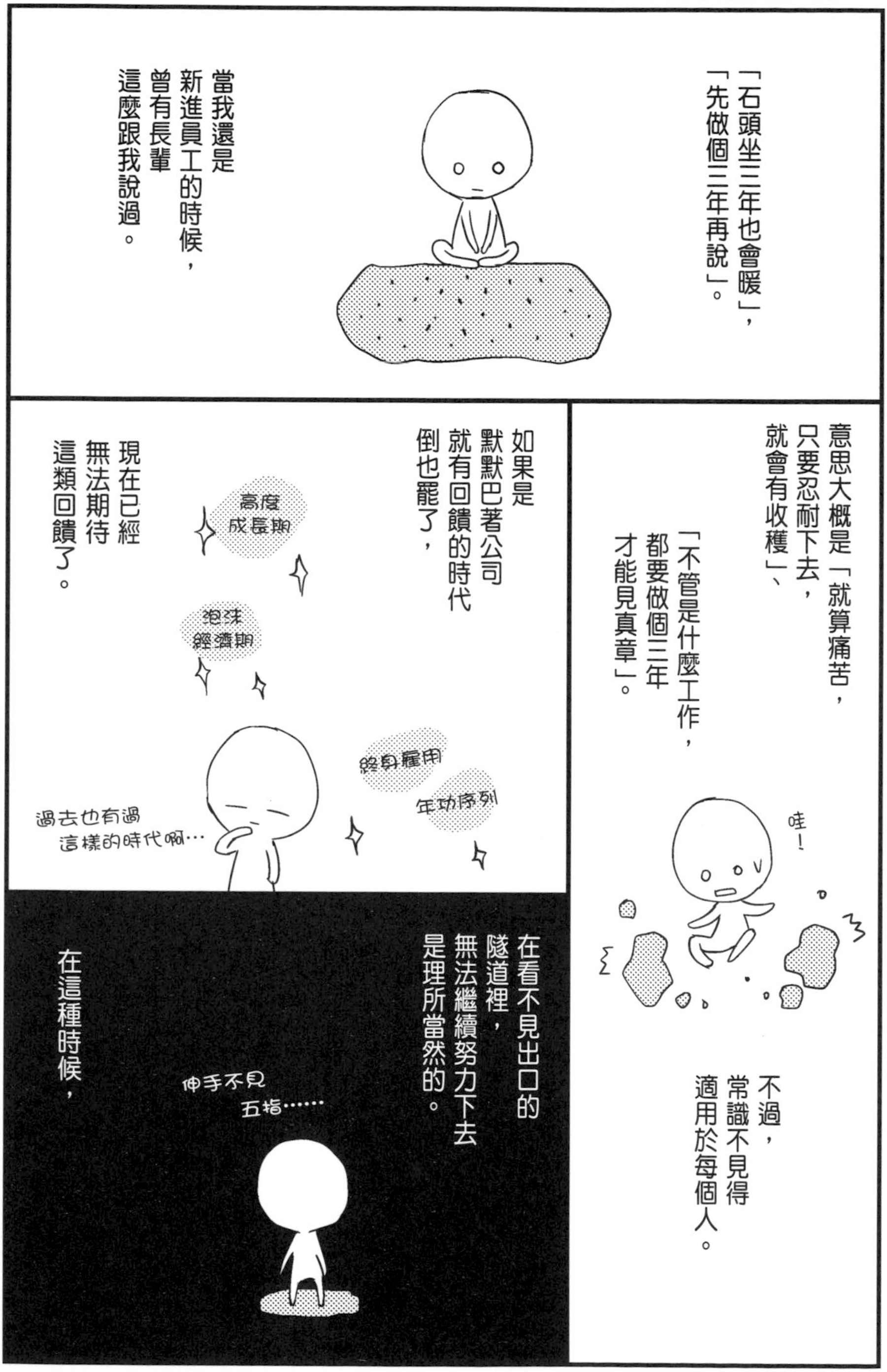
「石頭坐三年也會暖」，
「先做個三年再說」。
當我還是新進員工的時候，曾有長輩這麼跟我說過。
意思大概是「就算痛苦，只要忍耐下去，就會有收穫」、
「不管是什麼工作，都要做個三年才能見真章」。
哇！
不過，常識不見得適用於每個人。
如果是默默巴著公司就有回饋的時代倒也罷了，
現在已經無法期待這類回饋了。
高度成長期
泡沫經濟期
終身雇用
年功序列
過去也有過這樣的時代啊…
在看不見出口的隧道裡，無法繼續努力下去是理所當然的。
伸手不見五指……
在這種時候，

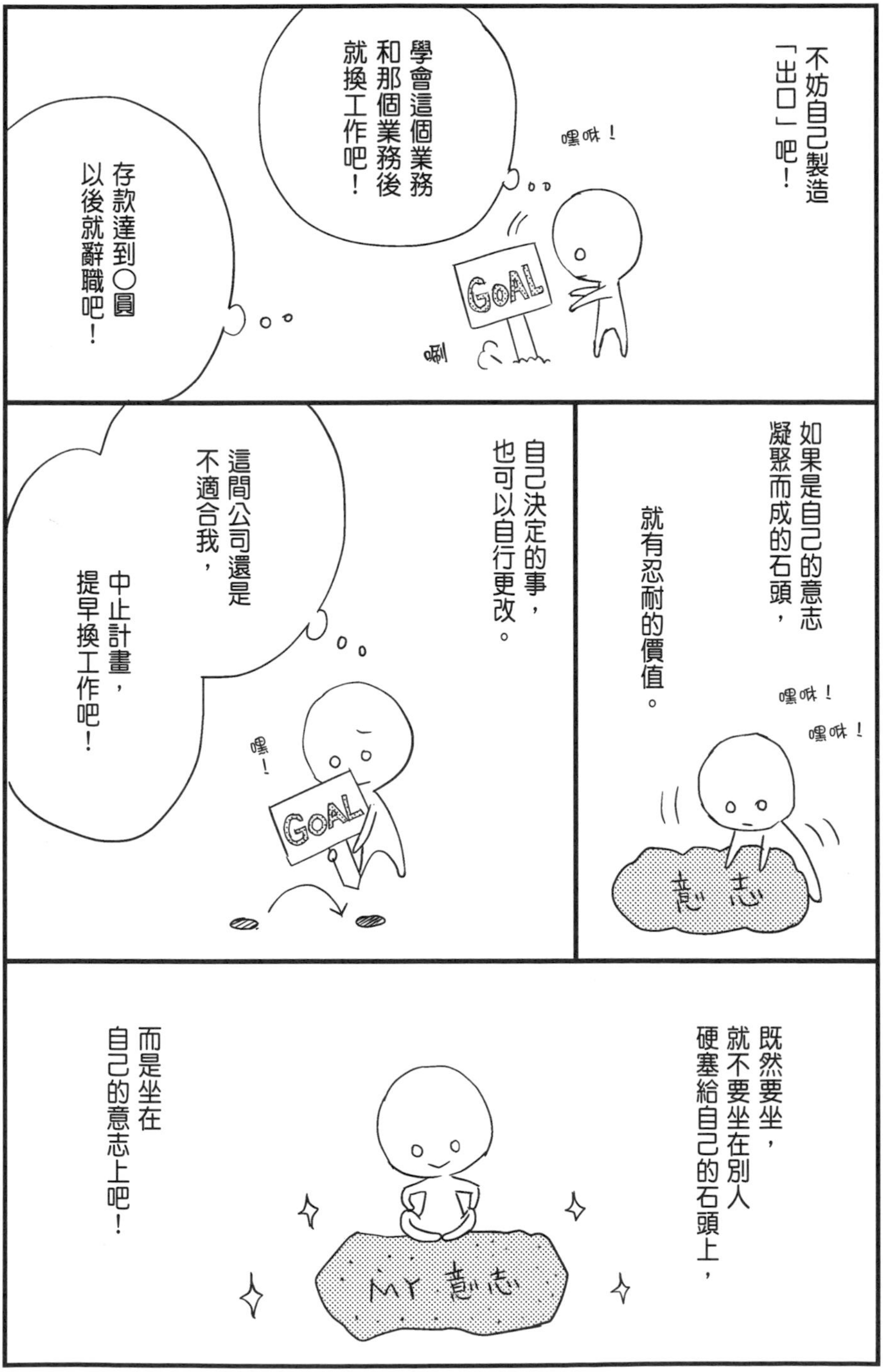
不妨自己製造「出口」吧！
嘿咻！
學會這個業務和那個業務後就換工作吧！
存款達到〇圓以後就辭職吧！
GoAL
唰
如果是自己的意志凝聚而成的石頭，
就有忍耐的價值。
嘿咻！
嘿咻！
意志
自己決定的事，也可以自行更改。
這間公司還是不適合我，
中止計畫，提早換工作吧！
嘿！
GoAL
既然要坐，
就不要坐在別人硬塞給自己的石頭上，
而是坐在自己的意志上吧！
MY 意志

與其「忌妒」不如「羨慕」

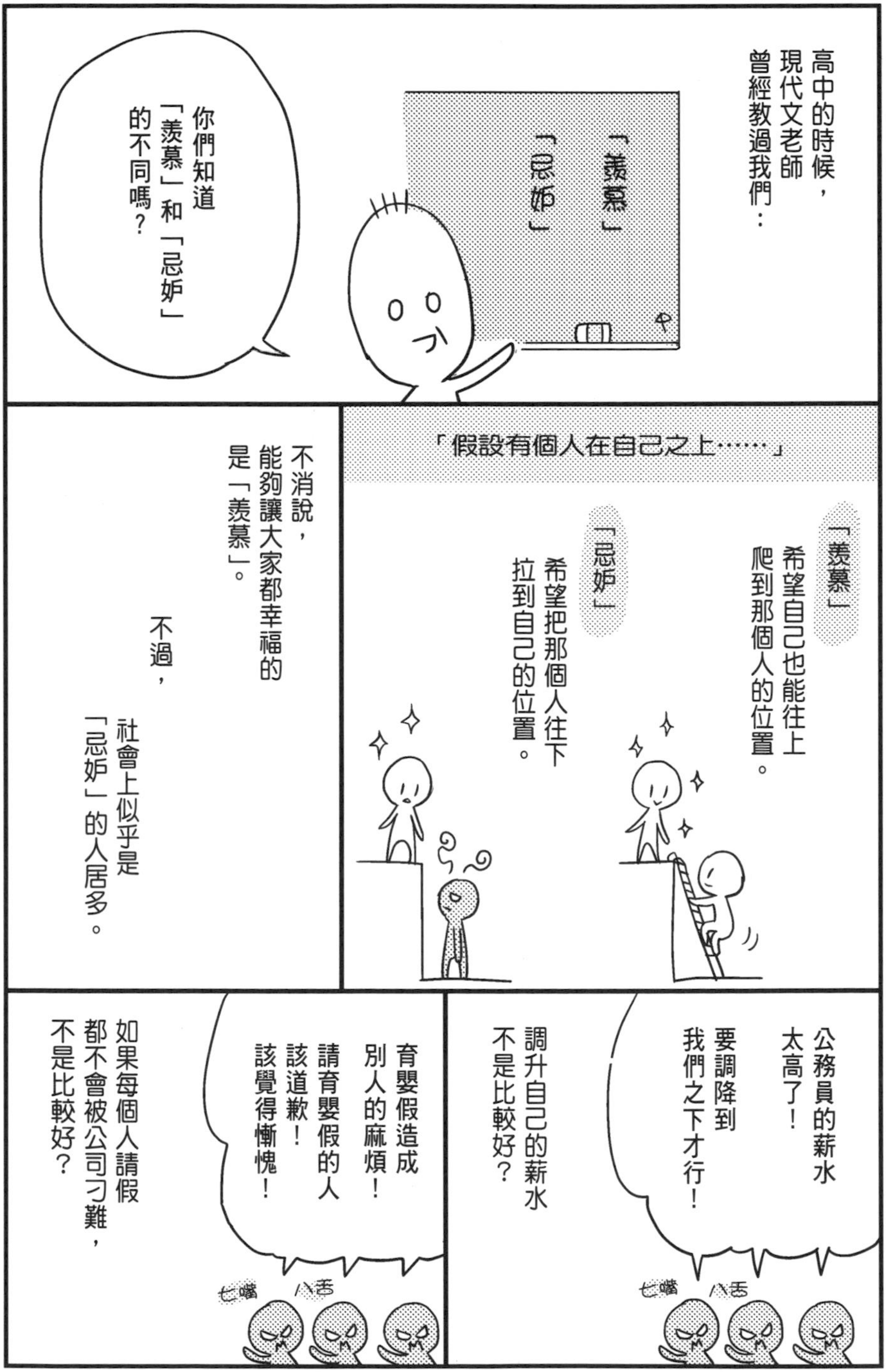

高中的時候，現代文老師曾經教過我們：
「羨慕」
「忌妒」
你們知道「羨慕」和「忌妒」的不同嗎？
「假設有個人在自己之上……」
「羨慕」希望自己也能往上爬到那個人的位置。
「忌妒」希望把那個人往下拉到自己的位置。
不消說，能夠讓大家幸福的是「羨慕」。
不過，社會上似乎是「忌妒」的人居多。
公務員的薪水太高了！
要調降到我們之下才行！
七嘴八舌
調升自己的薪水不是比較好？
育嬰假造成別人的麻煩！
請育嬰假的人該道歉！該覺得慚愧！
七嘴八舌
如果每個人請假都不會被公司刁難，不是比較好？

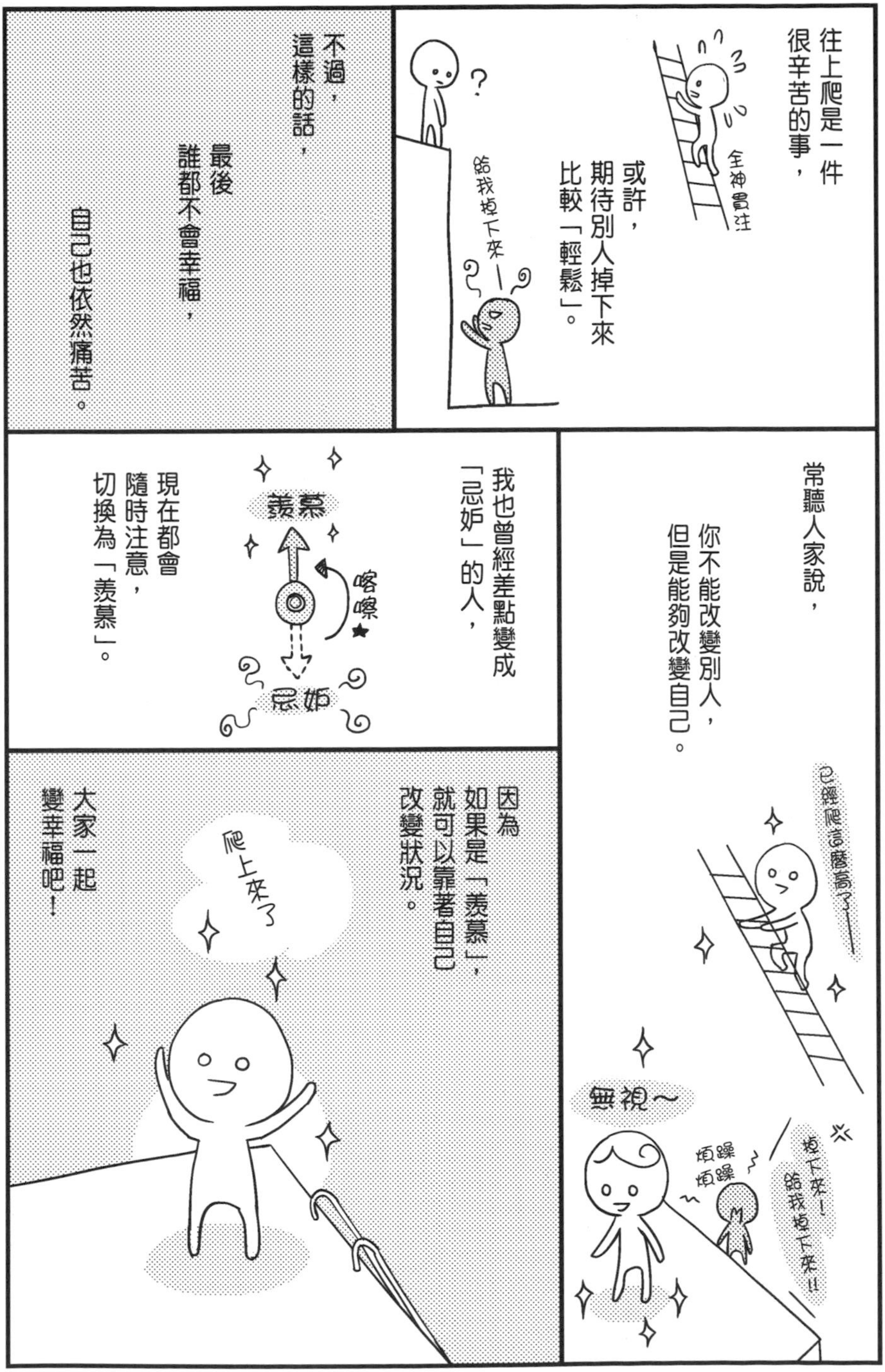
往上爬是一件
很辛苦的事，
全神貫注
或許，
期待別人掉下來
比較「輕鬆」。
給我掉下來
？
不過，
這樣的話，
最後
誰都不會幸福，
自己也依然痛苦。
常聽人家說，
你不能改變別人，
但是能夠改變自己。
已經爬這麼高了
無視～
掉下來！
給我掉下來!!
煩躁
煩躁
我也曾經差點變成
「忌妒」的人，
羨慕
喀嚓
忌妒
現在都會
隨時注意，
切換為「羨慕」。
因為
如果是「羨慕」，
就可以靠著自己
改變狀況。
爬上來了
大家一起
變幸福吧！

我不做「也有人」會做

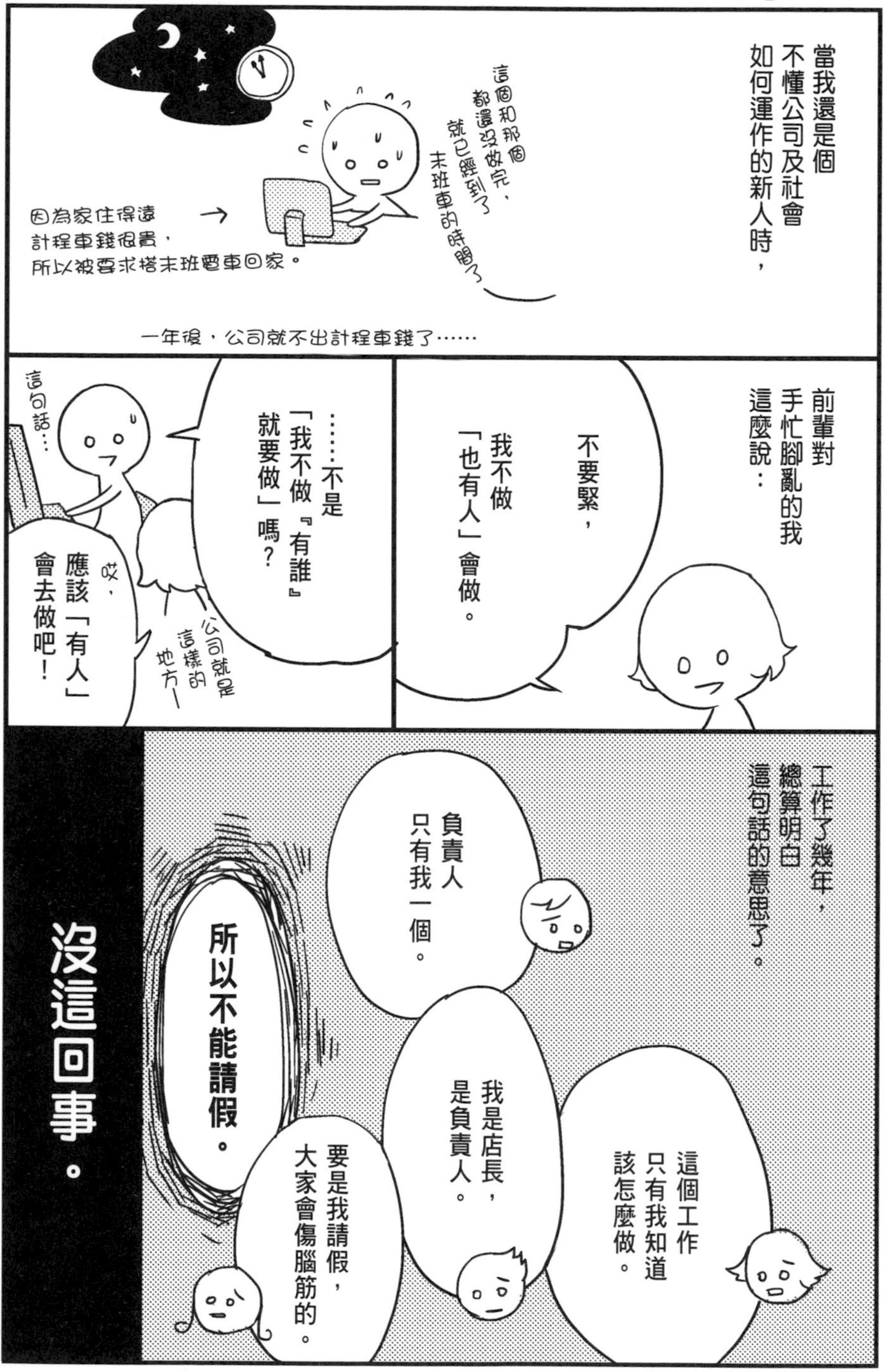
當我還是個不懂公司及社會如何運作的新人時，
這個和那個都還沒做完，就已經到了末班車的時間了
因為家住得遠計程車錢很貴，所以被要求搭末班電車回家。
一年後，公司就不出計程車錢了……
前輩對手忙腳亂的我這麼說：
不要緊，
我不做「也有人」會做。
……不是「我不做『有誰』就要做」嗎？
這句話…
公司就是這樣的地方—
哎，應該「有人」會去做吧！
工作了幾年，總算明白這句話的意思了。
負責人只有我一個。
這個工作只有我知道該怎麼做。
我是店長，是負責人。
要是我請假，大家會傷腦筋的。
所以不能請假。
沒這回事。

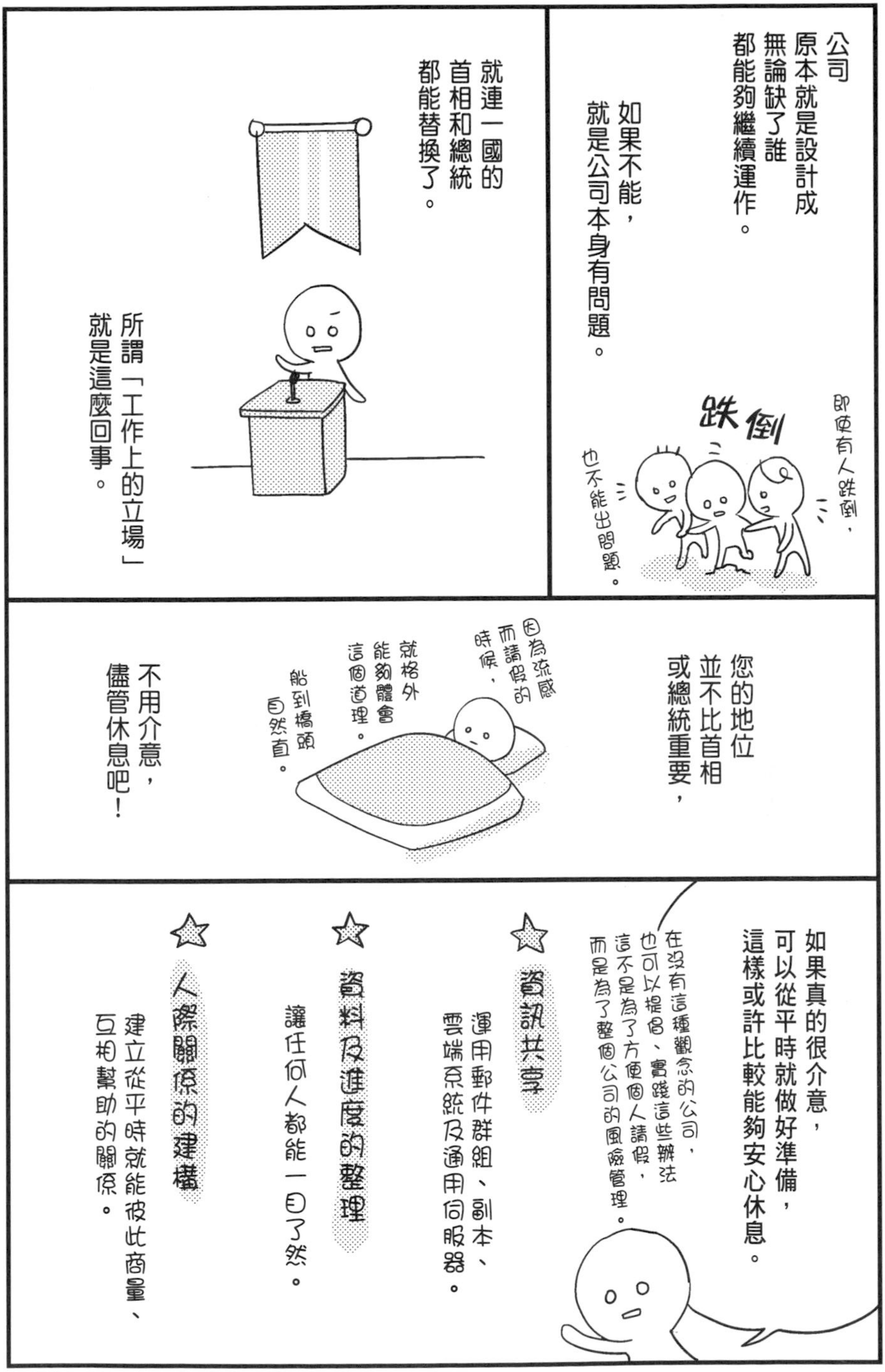
公司
原本就是設計成
無論缺了誰
都能夠繼續運作。
如果不能，
就是公司本身有問題。
即使有人跌倒，
跌倒
也不能出問題。
就連一國的
首相和總統
都能替換了。
所謂「工作上的立場」
就是這麼回事。
您的地位
並不比首相
或總統重要，
因為流感
而請假的
時候，
就格外
能夠體會
這個道理。
船到橋頭
自然直。
不用介意，
儘管休息吧！
如果真的很介意，
可以從平時就做好準備，
這樣或許比較能夠安心休息。
在沒有這種觀念的公司，
也可以提倡、實踐這些辦法
這不是為了方便個人請假，
而是為了整個公司的風險管理。
☆資訊共享
運用郵件群組、副本、
雲端系統及通用伺服器。
☆資料及進度的整理
讓任何人都能一目了然。
☆人際關係的建構
建立從平時就能彼此商量、
互相幫助的關係。

無法替代的事物

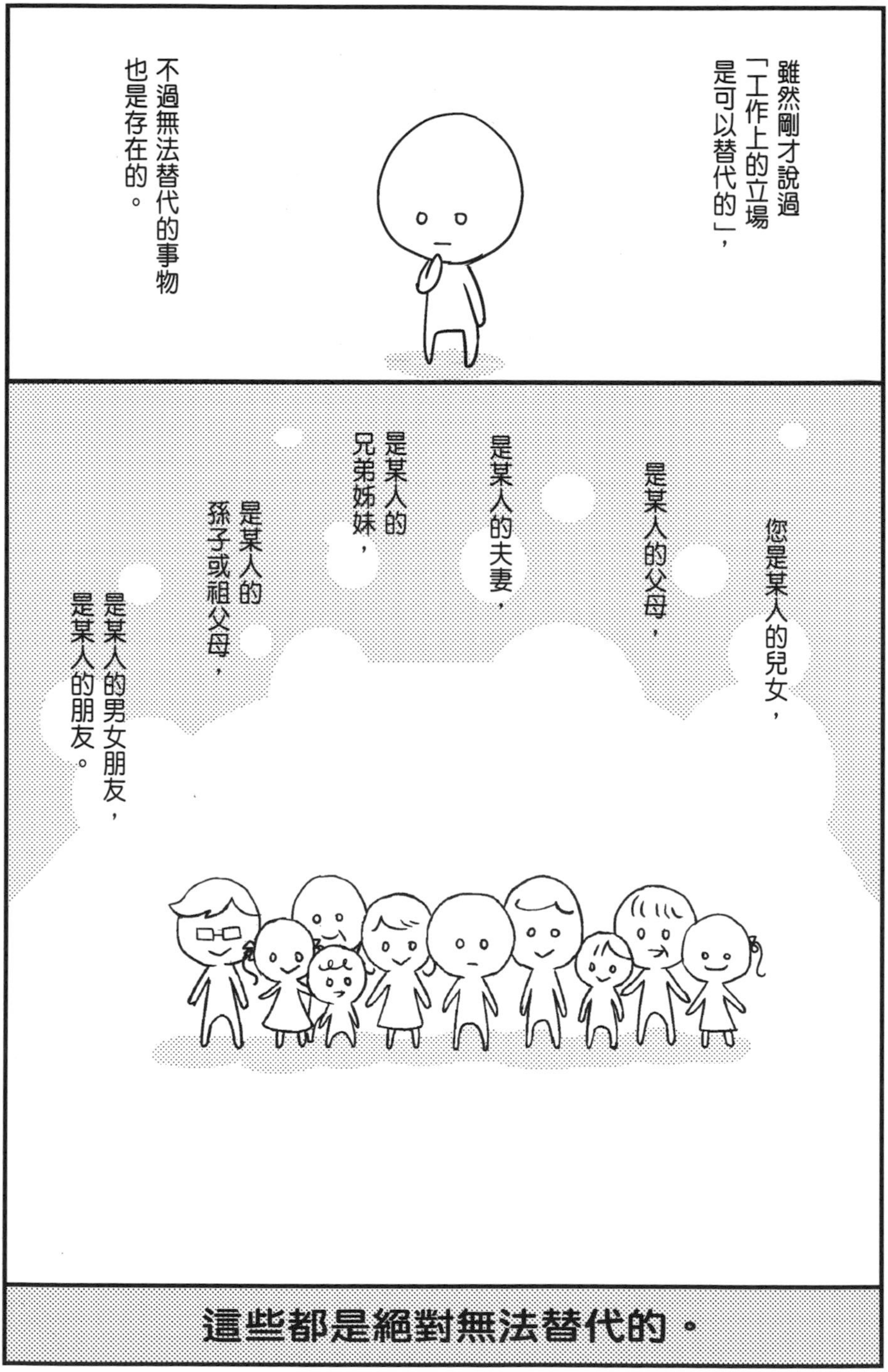

雖然剛才說過「工作上的立場是可以替代的」，
不過無法替代的事物也是存在的。
您是某人的兒女，
是某人的父母，
是某人的夫妻，
是某人的兄弟姊妹，
是某人的孫子或祖父母，
是某人的男女朋友，是某人的朋友。
這些都是絕對無法替代的。

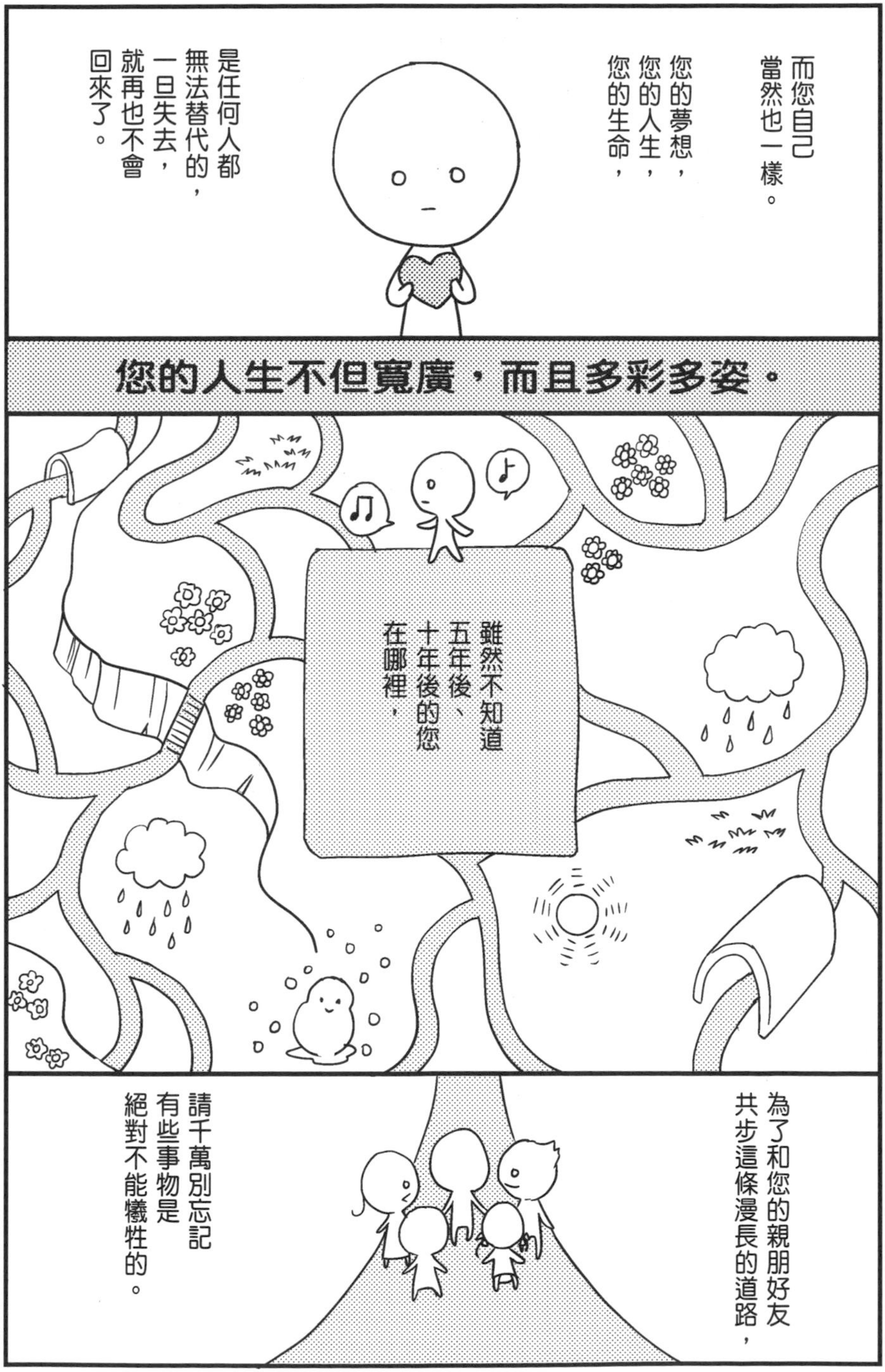
而您自己當然也一樣。
您的夢想，您的人生，您的生命，
是任何人都無法替代的，一旦失去，就再也不會回來了。
您的人生不但寬廣，而且多彩多姿。
雖然不知道五年後、十年後的您在哪裡，
為了和您的親朋好友共步這條漫長的道路，
請千萬別忘記有些事物是絕對不能犧牲的。

Q 為什麼瀕臨崩潰邊緣時，就做不到「與其尋死不如辭掉工作？」

A

心理學有個知名概念，叫做「習得無助感」。

指的是人類或動物長時間承受壓力，就不再為了逃離壓力而努力的現象。

馬戲團的大象常被拿來當成例子。

馬戲團的大象被人用繩子綁住腳踝，繫在釘在地面的木樁上。

大象的力氣明明很大，大可把木樁拔出地面，逃之夭夭。但是馬戲團的大象卻很乖巧，既不掙扎，也不逃脫。這是為什麼呢？

因為馬戲團的大象從小就是被繩子綁住腳踝、繫在木樁

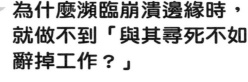

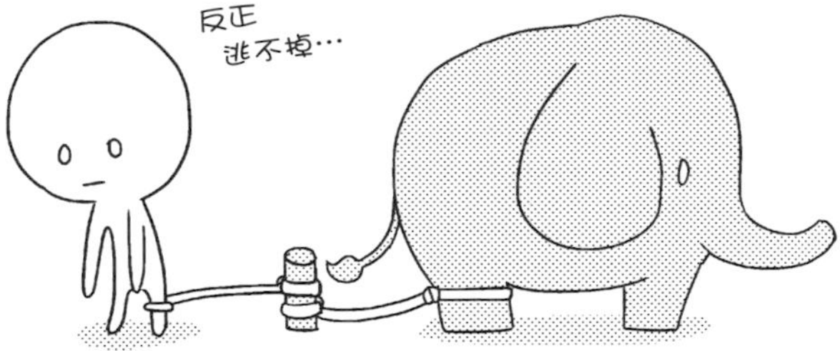

上長大的，而小象的力量當然拔不起木樁。換句話說，由於小時候被灌輸了「反抗只是白費工夫」的觀念，縱使已經長大，可以輕易拔起木樁逃脫，在自小習得的「白費工夫」無助感影響之下，牠完全沒有逃走的念頭。

這樣的狀況也適用於人類。

本書開頭也說過，世界其實是很寬廣的。人生有許多選項。不過，正如同被繫在木樁上的大象放棄拔樁逃走一般，**人類持續承受過度的壓力，便會看不見逃走的選項**。

另一種情形是雖然看得見選項，卻無法果斷「辭職」。

傾聽這些無法果斷「辭職」的人的說法，最大的理由之一

即是「難以想像辭職之後的生活」。

打個比方，學生時代，當環境因為「轉學」或「升學」而改變時，我們通常會十分緊張。

「不知道老師怎麼樣……」

「要是我無法融入氣氛該怎麼辦……」

「不知能交到哪些朋友……」

「該不會連朋友都交不到吧……」

「要是被霸凌……」

想必有許多不安和憂慮湧上心頭吧！

對於新的環境，亦即未知的世界懷抱不安，是理所當然的事。

這一點，成年人也一樣。

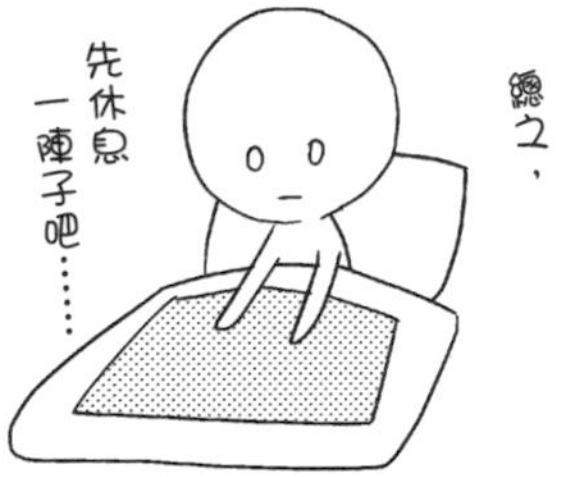

即使果斷「辭職」，選擇了新環境，新環境也不見得會比舊環境好。

正因為對未來具備了這樣的不安，所以才令人難以果斷的「辭職」。

如此這般，雖然心中存在「辭職」選項，卻因為不安而無法下定決心的人可能會被過度的壓力越逼越緊，最後甚至忘記還有別的選項，認定自己「已經走投無路，只能一了百了」。

如果實在提不起勇氣「辭職」，「先休息一陣子」也是一種選項。

除此之外，也可以前往精神科診所接受憂鬱症檢測或心理諮詢。

仲介
我們可以介紹這類工作給您。

如果可以休息，不妨趁機調查可能成為新環境的職場吧！像118頁的「Y先生的情況」那樣，去轉行仲介所登記也不錯。

若是因此萌生「啊，這樣的職場好像很快樂」、「我想試試這種工作」的想法，或許就能消除「換工作的不安」。

而且在休息期間，說不定公司會調整職務內容與環境，讓現在的職場變得更舒適呢！

說句題外話，我在小學的時候，曾經從東京轉學到長野縣。

我轉去的學校是個經常讓學生「赤腳」的學校。

基於學校的教育方針，我常常赤腳出外運動。

想當然耳，赤腳外出，回到教室前，必須用水龍頭洗腳。

這麼一來，就會在地板上留下腳印。朋友看見我的腳印，說道：「你沒有足弓耶！」

在這個瞬間，我察覺自己是「扁平足」，沒有足弓，腳底是平的。雖然這對人生沒什麼影響，但這是我頭一次發現自己「和朋友不一樣」，大為震撼。如果我沒有轉學到長野，或許一輩子都不會察覺。

像這樣，有些事是環境改變了以後才會察覺、才看得見的。向公司申請調職，運氣好，或許可以轉調到其他部門。如果轉調的可能性很低，**不妨趁著還看得見「休息」與「辭職」的選項時採取行動吧**！

附錄 外子與我③

外子是俗稱的工作狂。
早上六點半出門，零點過後才回家。
沒辦法，是工作嘛！
我也不想加班啊！
沒有加班費…
我很擔心，一直勸他早點回家，
哭著求他也沒用。
不過仔細想想，他每晚回家已經很累了，還要聽我嘮叨，也滿可憐的。
月曆
把你這個月絕對不能缺席的會議或出差的日子告訴我。
好是好，為什麼？
所以我改變了戰略。
只要我判斷情況不妙，就算下藥我也會逼你休息。
我會避開重要的日子，放心吧！
別這樣……
包在我身上。
做老婆的會哭著聯絡公司。
這樣會害我不好做人，別這樣……
讚！
就說我老公因為過勞昏倒了~~
總比你做鬼好。
讚什麼讚！
所幸在我付諸行動之前，狀況有了改善。
不過殺手鐧我已經隨時準備好了。

第5章

世界其實是很寬廣的

辭職以後會怎麼樣？

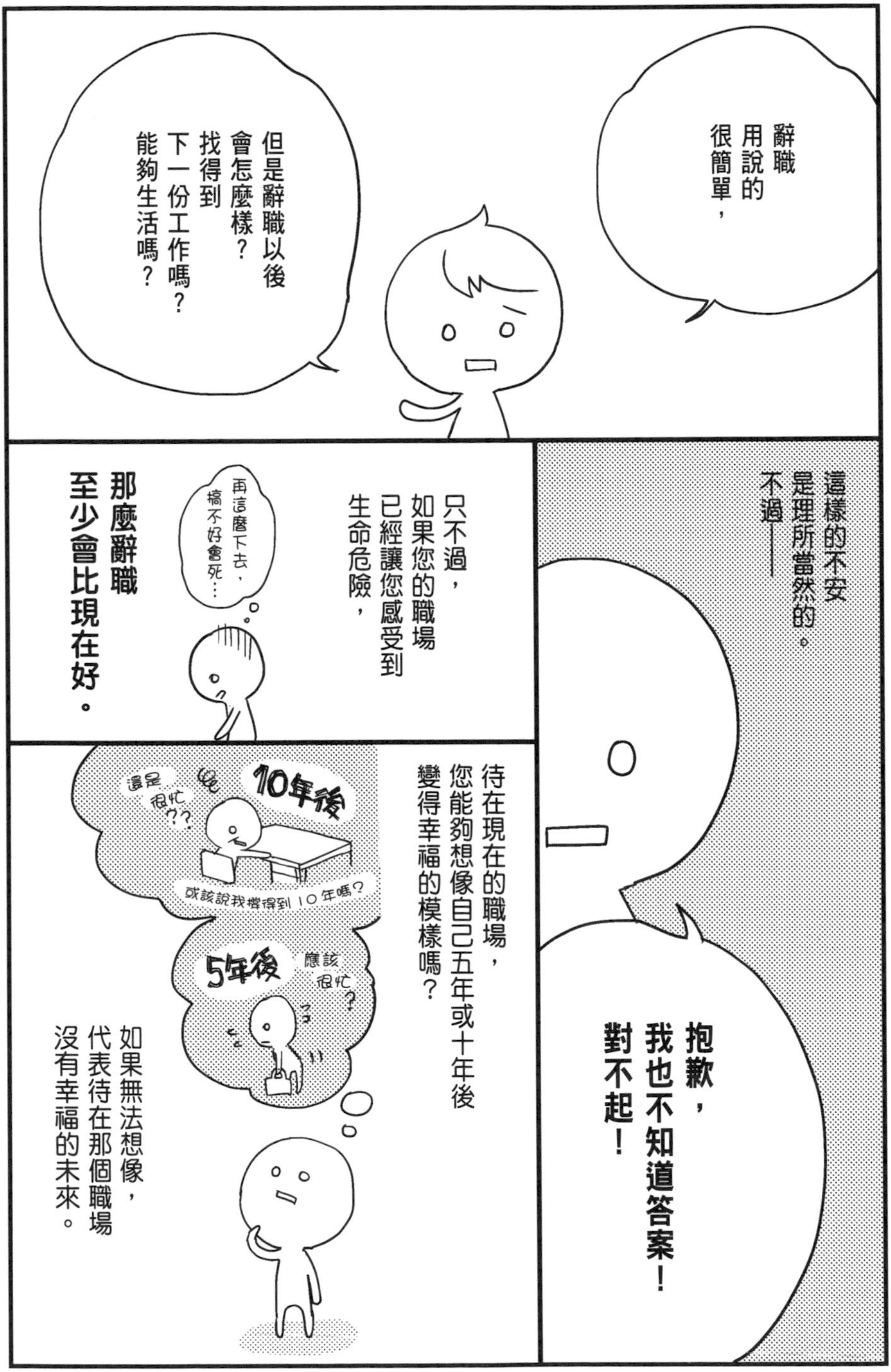
辭職用說的很簡單，
但是辭職以後會怎麼樣？找得到下一份工作嗎？能夠生活嗎？
這樣的不安是理所當然的。不過——
抱歉，我也不知道答案！對不起！
只不過，如果您的職場已經讓您感受到生命危險，
再這麼下去，搞不好會死…
那麼辭職至少會比現在好。
待在現在的職場，您能夠想像自己五年或十年後變得幸福的模樣嗎？
10年後
還是很忙？？
或該說我撐得到10年嗎？
5年後
應該很忙？
如果無法想像，代表待在那個職場沒有幸福的未來。

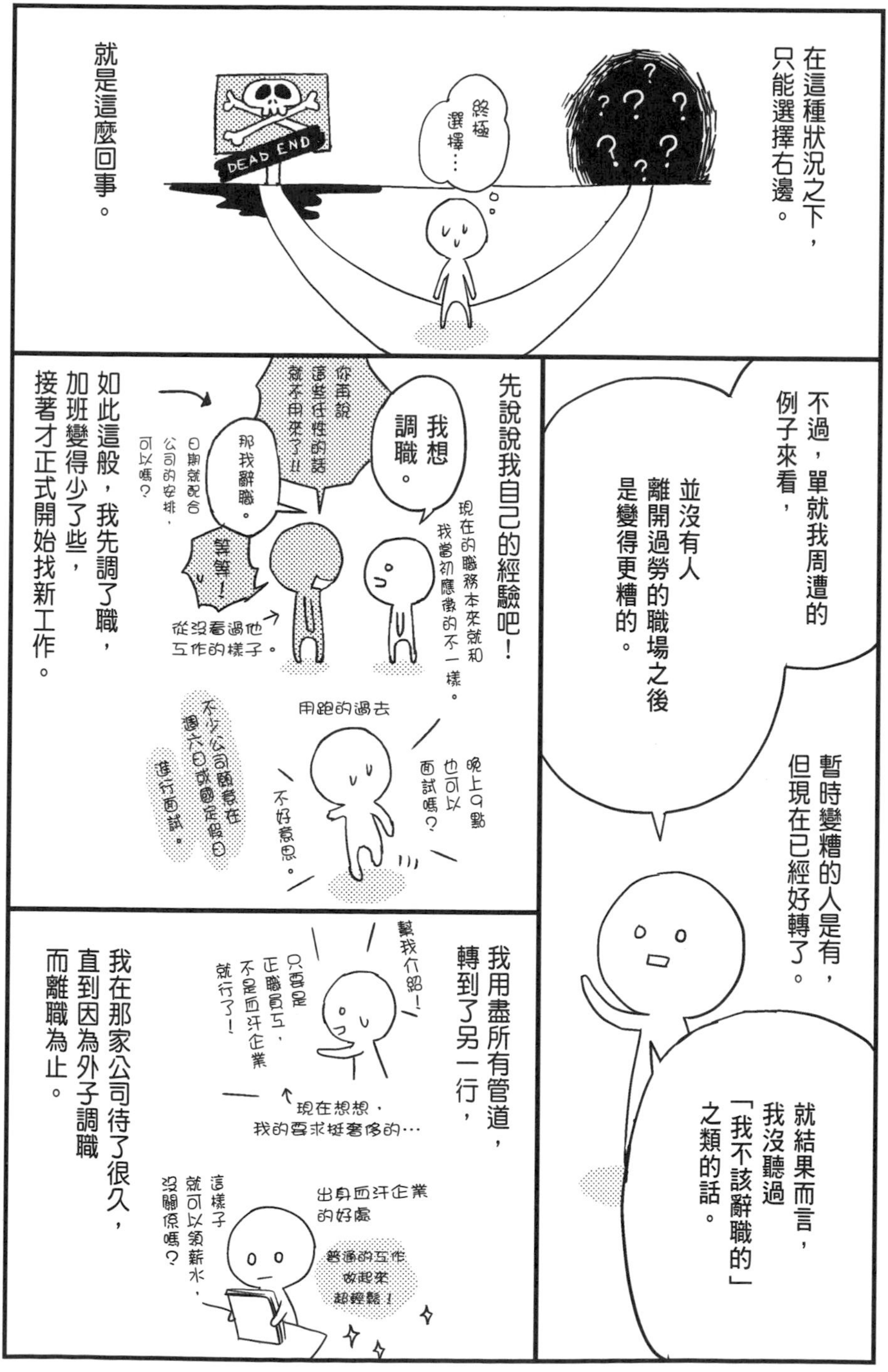
在這種狀況之下，只能選擇右邊。
終極選擇…
DEAD END
就是這麼回事。
不過，單就我周遭的例子來看，
並沒有人離開過勞的職場之後是變得更糟的。
暫時變糟的人是有，但現在已經好轉了。
就結果而言，我沒聽過「我不該辭職的」之類的話。
先說說我自己的經驗吧！
我想調職。
現在的職務本來就和我當初應徵的不一樣。
你再說這些任性的話就不用來了!!
那我辭職。
日期就配合公司的安排，可以嗎？
等等！
從沒看過他工作的樣子。
如此這般，我先調了職，加班變得少了些，接著才正式開始找新工作。
用跑的過去
晚上9點也可以面試嗎？
不好意思。
不少公司願意在週六日或國定假日進行面試。
我用盡所有管道，轉到了另一行，
幫我介紹！
只要是正職員工，不是血汗企業就行了！
現在想想，我的要求挺奢侈的…
我在那家公司待了很久，直到因為外子調職而離職為止。
出身血汗企業的好處
這樣子就可以領薪水，沒關係嗎？
普通的工作做起來超輕鬆！

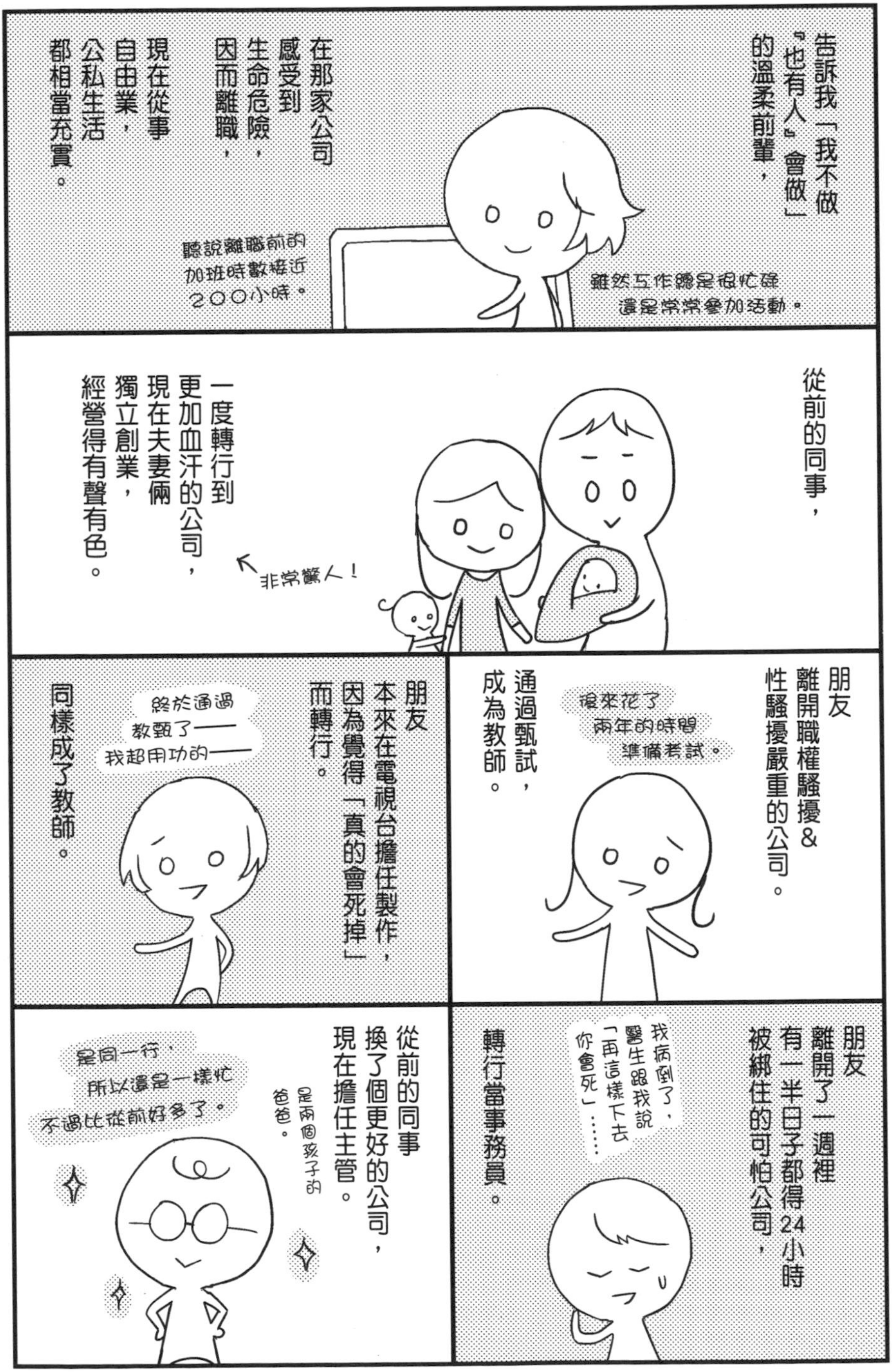
告訴我「我不做『也有人』會做」的溫柔前輩，
在那家公司感受到生命危險，因而離職，現在從事自由業，公私生活都相當充實。
雖然工作總是很忙碌 還是常常參加活動。
聽說離職前的加班時數接近200小時。
從前的同事，
一度轉行到更加血汗的公司，現在夫妻倆獨立創業，經營得有聲有色。
非常驚人！
朋友離開職權騷擾&性騷擾嚴重的公司。
通過甄試，成為教師。
後來花了兩年的時間準備考試。
朋友本來在電視台擔任製作，因為覺得「真的會死掉」而轉行。
同樣成了教師。
終於通過教甄了——我超用功的——
朋友離開了一週裡有一半日子都得24小時被綁住的可怕公司，
轉行當事務員。
我病倒了，醫生跟我說「再這樣下去你會死」……
從前的同事換了個更好的公司，現在擔任主管。
是兩個孩子的爸爸。
是同一行，所以還是一樣忙 不過比從前好多了。

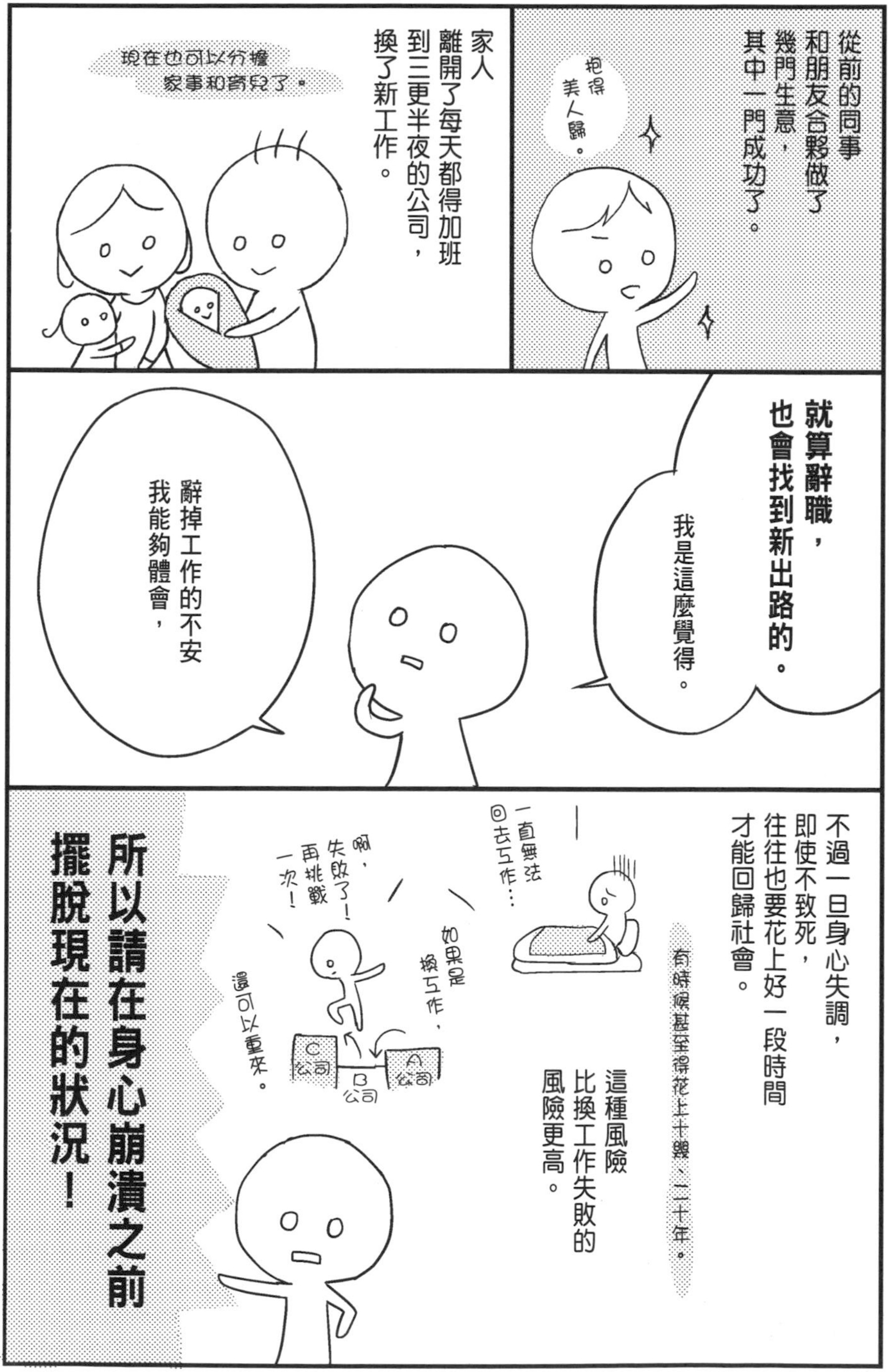
從前的同事和朋友合夥做了幾門生意，其中一門成功了。
抱得美人歸。
家人離開了每天都得加班到三更半夜的公司，換了新工作。
現在也可以分擔家事和育兒了。
就算辭職，也會找到新出路的。
我是這麼覺得。
辭掉工作的不安我能夠體會，
不過一旦身心失調，即使不致死，往往也要花上好一段時間才能回歸社會。
有時候甚至得花上十幾、二十年。
一直無法回去工作……
這種風險比換工作失敗的風險更高。
如果是換工作，
啊，失敗了！再挑戰一次！
還可以重來。
C公司
B公司
A公司
所以請在身心崩潰之前擺脫現在的狀況！

實錄！「我是這麼擺脫血汗狀況的」①

Y先生的情況

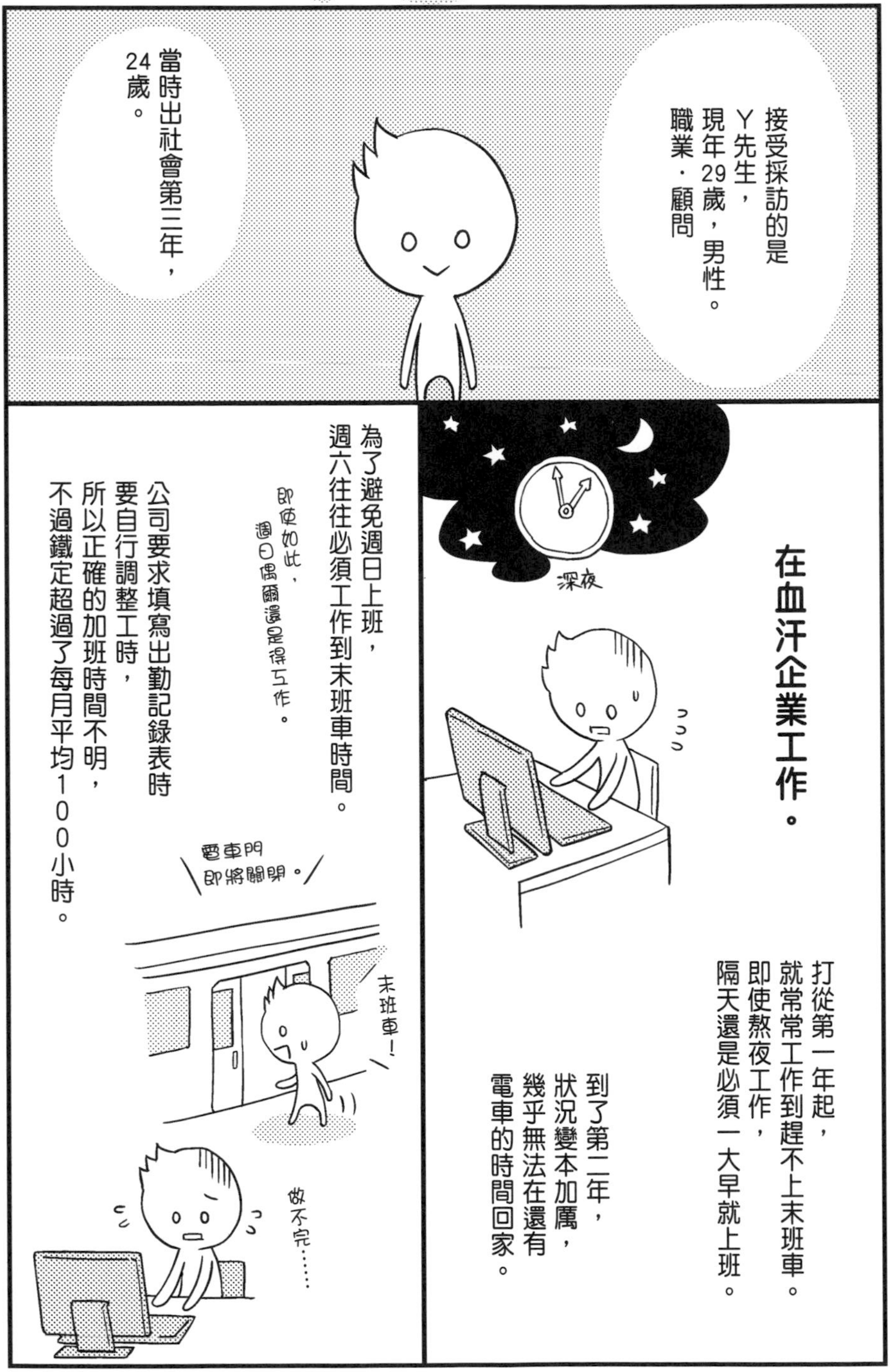
接受採訪的是Y先生，現年29歲，男性。職業・顧問
當時出社會第三年，24歲。
在血汗企業工作。
深夜
打從第一年起，就常常工作到趕不上末班車。即使熬夜工作，隔天還是必須一大早就上班。
到了第二年，狀況變本加厲，幾乎無法在還有電車的時間回家。
為了避免週日上班，週六往往必須工作到末班車時間。
即使如此，週日偶爾還是得工作。
電車門即將關閉。
末班車！
公司要求填寫出勤記錄表時要自行調整工時，所以正確的加班時間不明，不過鐵定超過了每月平均100小時。
做不完……

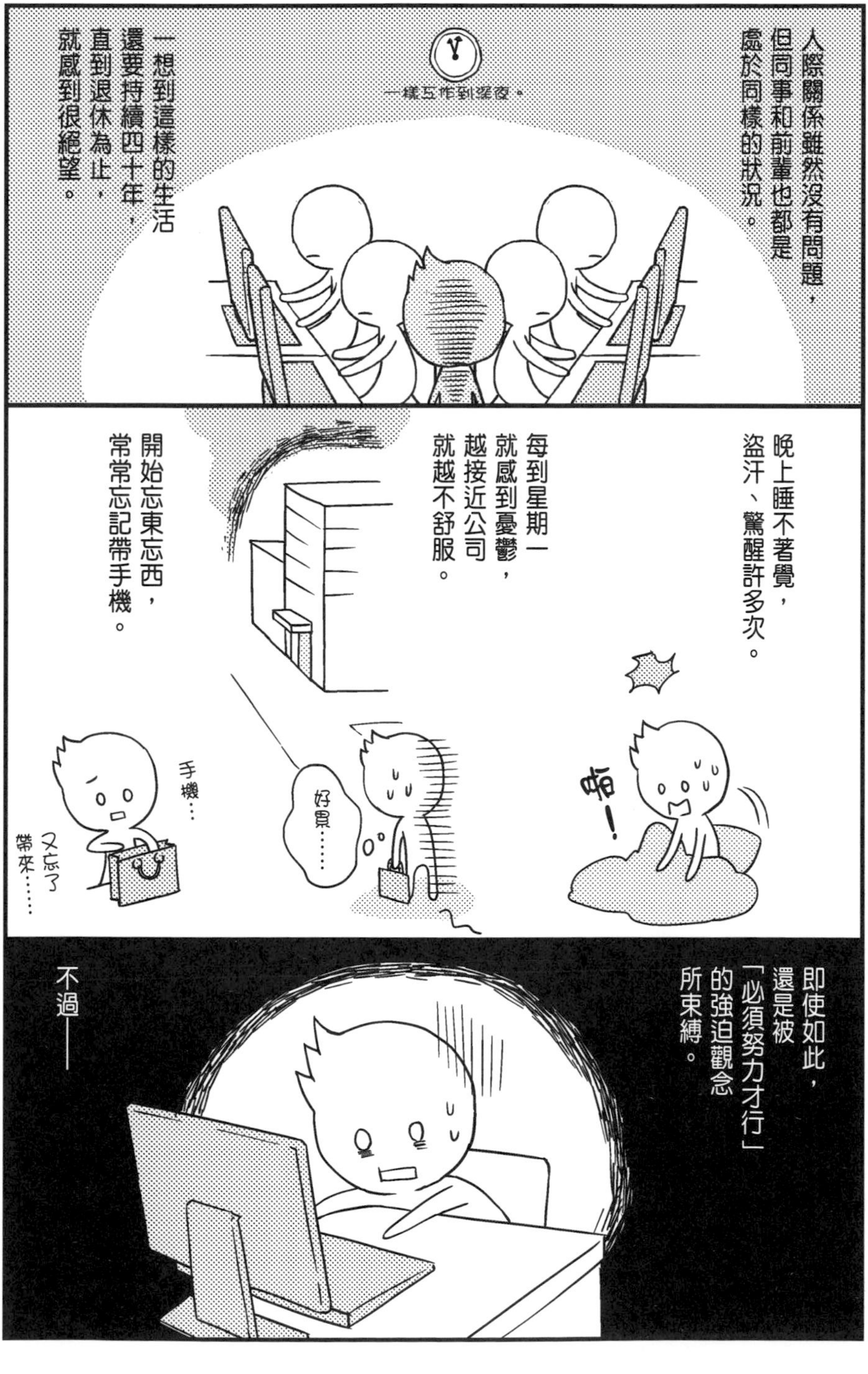

人際關係雖然沒有問題，
但同事和前輩也都是
處於同樣的狀況。
一樣工作到深夜。
一想到這樣的生活
還要持續四十年，
直到退休為止，
就感到很絕望。
晚上睡不著覺，
盜汗、驚醒許多次。
啪！
每到星期一
就感到憂鬱，
越接近公司
就越不舒服。
好累……
開始忘東忘西，
常常忘記帶手機。
手機……
又忘了帶來……
即使如此，
還是被
「必須努力才行」
的強迫觀念
所束縛。
不過——

坦白說，我已經難以忍受凌晨3、4點才能回家的生活了。
有同事幾乎回不了家，小孩都認不得他了。
不認識的叔叔……
幾乎每個禮拜都有人辭職。
我當時就在想，待在這個公司是沒有未來的。
這成了決心換工作的契機，我也因此做好了覺悟。
好！
做好覺悟，一兩個月內就要找到新工作！
我去了轉行仲介所登記，請他們介紹各種工作給我。
我的目的是擺脫現在的血汗公司，
所以並沒有篩選職務與行業。
沒想到職缺這麼多。

※ 轉行仲介所：媒合企業與轉行勞工的仲介業者。
免費提供轉行諮詢，從企業的求才介紹、面試安排到議薪等等，
提供各種轉行所需的必要支援。

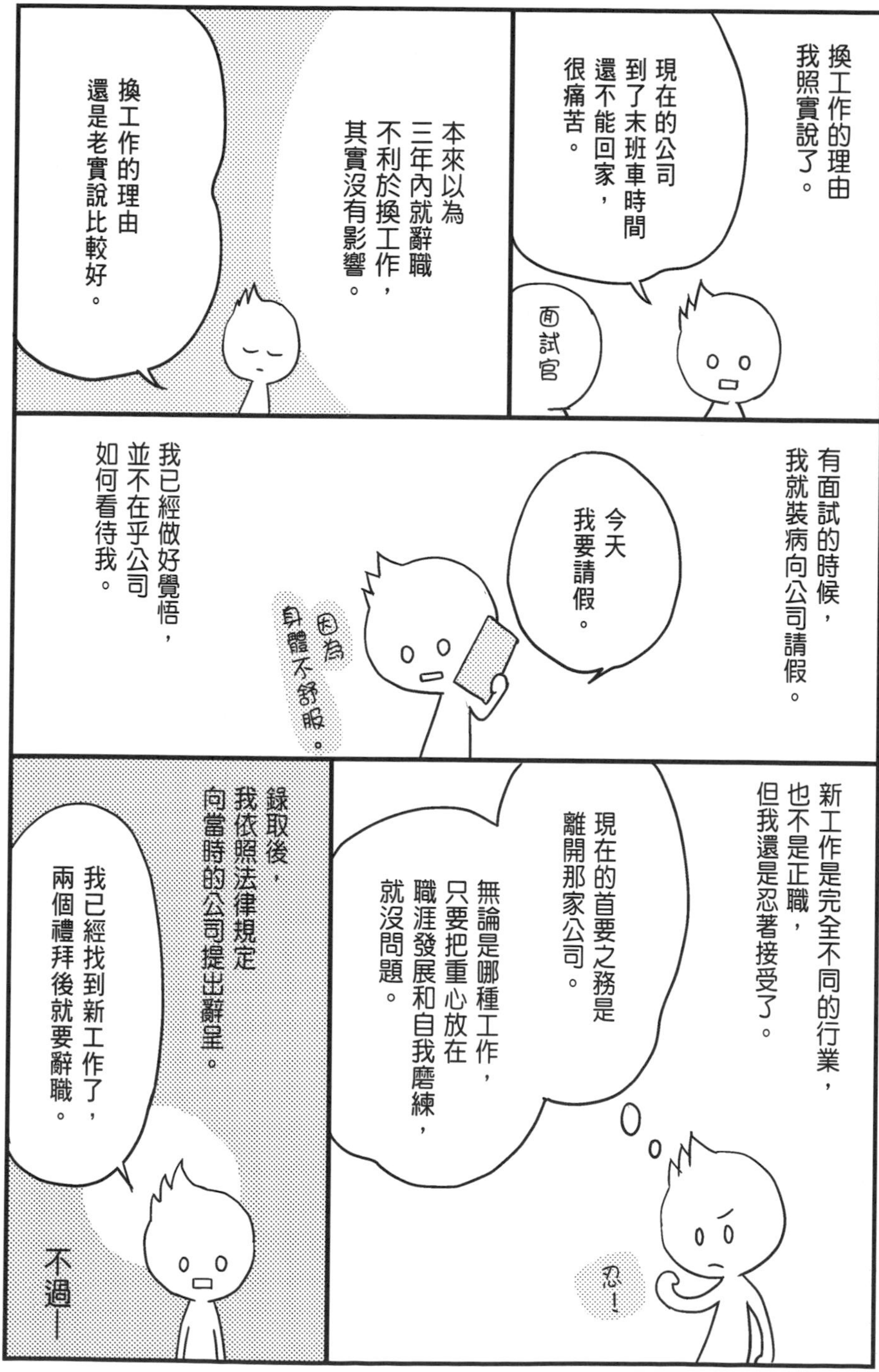
換工作的理由我照實說了。
現在的公司到了末班車時間還不能回家，很痛苦。
面試官
本來以為三年內就辭職不利於換工作，其實沒有影響。
換工作的理由還是老實說比較好。
有面試的時候，我就裝病向公司請假。
今天我要請假。
因為身體不舒服。
我已經做好覺悟，並不在乎公司如何看待我。
新工作是完全不同的行業，也不是正職，但我還是忍著接受了。
現在的首要之務是離開那家公司。
無論是哪種工作，只要把重心放在職涯發展和自我磨練，就沒問題。
忍！
錄取後，我依照法律規定向當時的公司提出辭呈。
我已經找到新工作了，兩個禮拜後就要辭職。
不過——

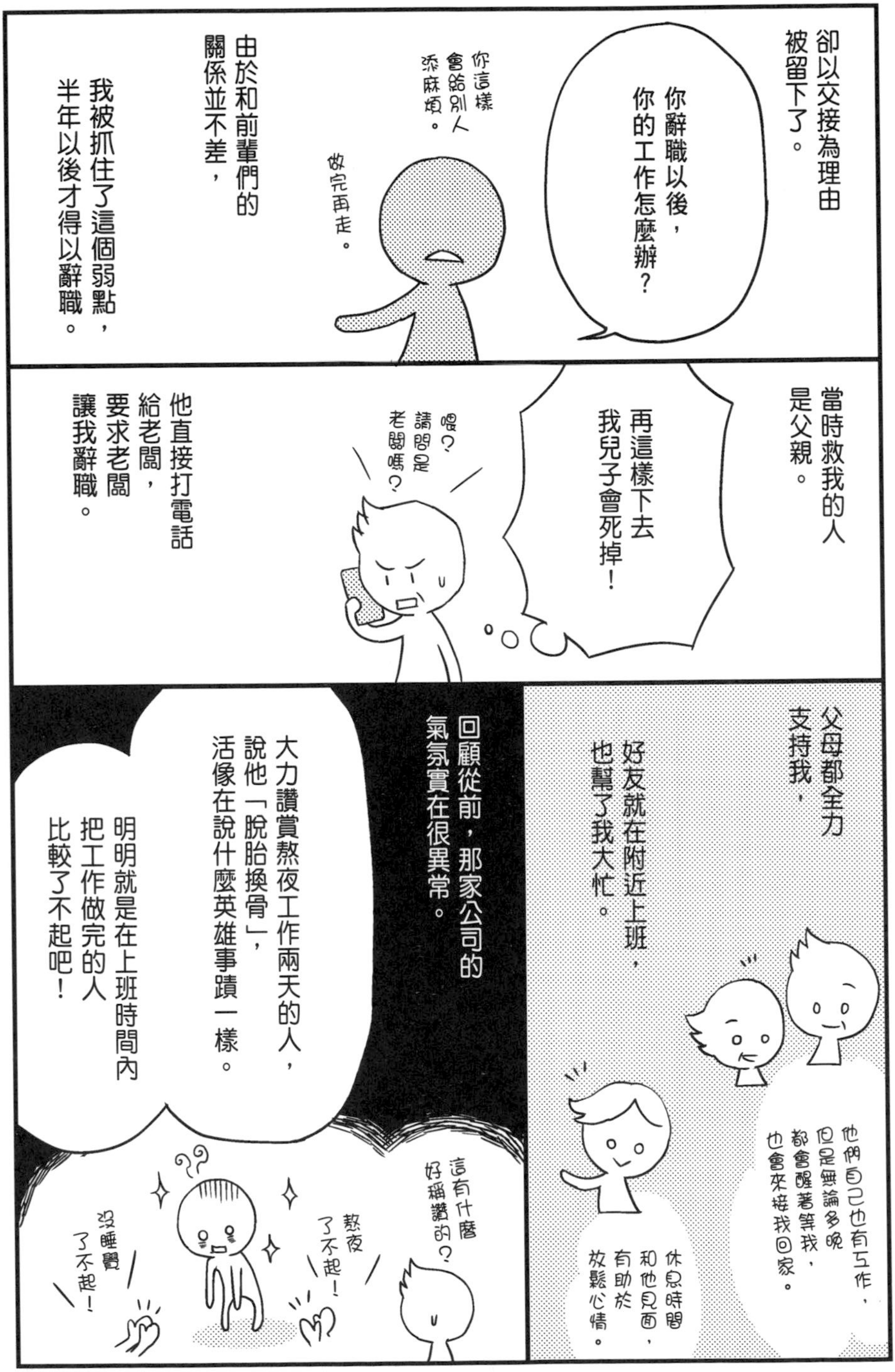
卻以交接為理由被留下了。
你辭職以後，你的工作怎麼辦？
你這樣會給別人添麻煩。
做完再走。
由於和前輩們的關係並不差，
我被抓住了這個弱點，半年以後才得以辭職。
當時救我的人是父親。
再這樣下去我兒子會死掉！
喂？請問是老闆嗎？
他直接打電話給老闆，要求老闆讓我辭職。
父母都全力支持我，
好友就在附近上班，也幫了我大忙。
他們自己也有工作，但是無論多晚都會醒著等我，也會來接我回家。
休息時間和他見面，有助於放鬆心情。
回顧從前，那家公司的氣氛實在很異常。
大力讚賞熬夜工作兩天的人，說他「脫胎換骨」，活像在說什麼英雄事蹟一樣。
明明就是在上班時間內把工作做完的人比較了不起吧！
這有什麼好稱讚的？
熬夜了不起！
沒睡覺了不起！

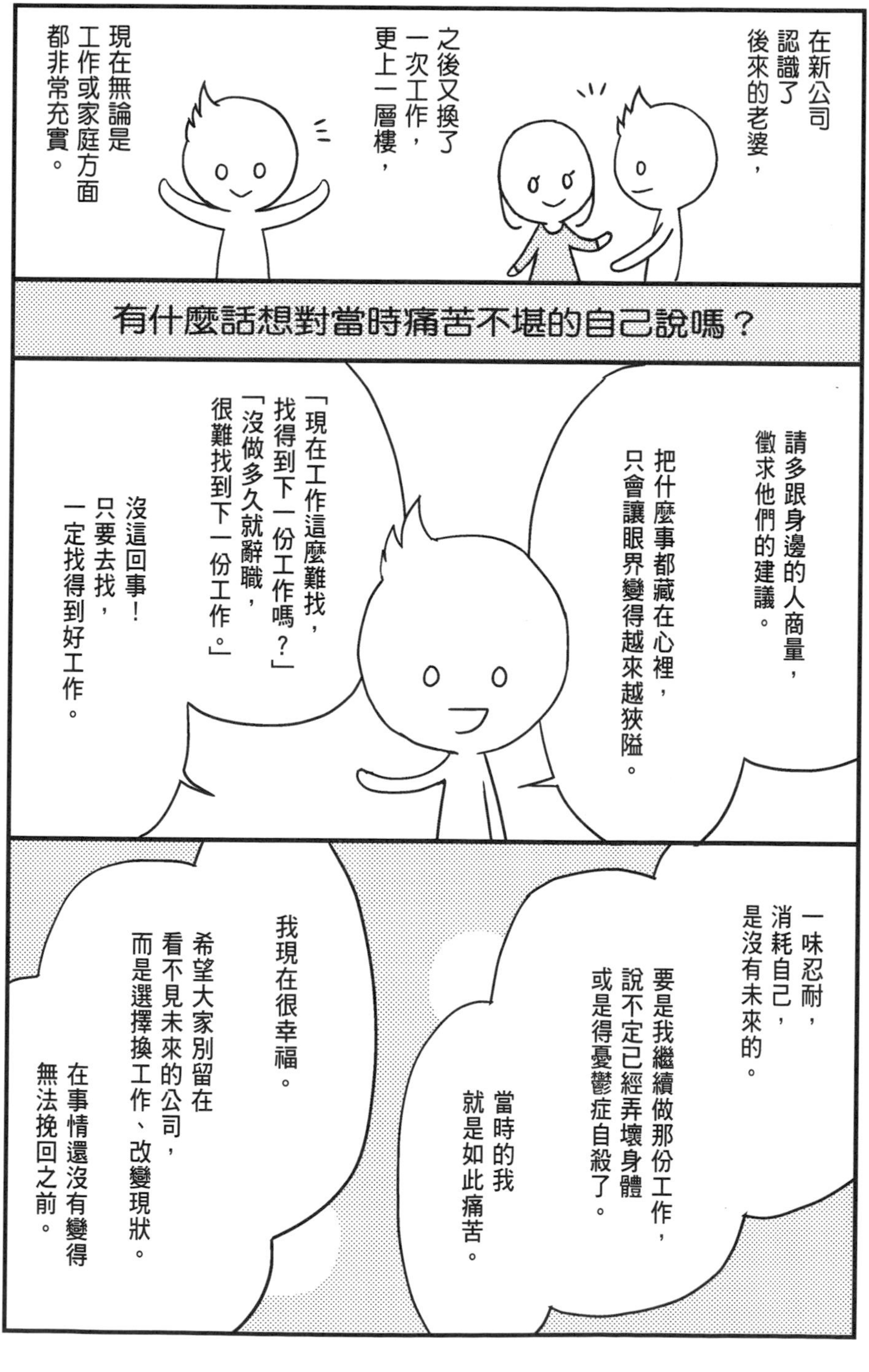

在新公司認識了後來的老婆，
之後又換了一次工作，更上一層樓，
現在無論是工作或家庭方面都非常充實。
有什麼話想對當時痛苦不堪的自己說嗎？
請多跟身邊的人商量，徵求他們的建議。
把什麼事都藏在心裡，只會讓眼界變得越來越狹隘。
「現在工作這麼難找，找得到下一份工作嗎？」「沒做多久就辭職，很難找到下一份工作。」
沒這回事！只要去找，一定找得到好工作。
一味忍耐，消耗自己，是沒有未來的。
要是我繼續做那份工作，說不定已經弄壞身體或是得憂鬱症自殺了。
當時的我就是如此痛苦。
我現在很幸福。
希望大家別留在看不見未來的公司，而是選擇換工作、改變現狀。
在事情還沒有變得無法挽回之前。

實錄！「我是這麼擺脫血汗狀況的」②

S小姐的情況

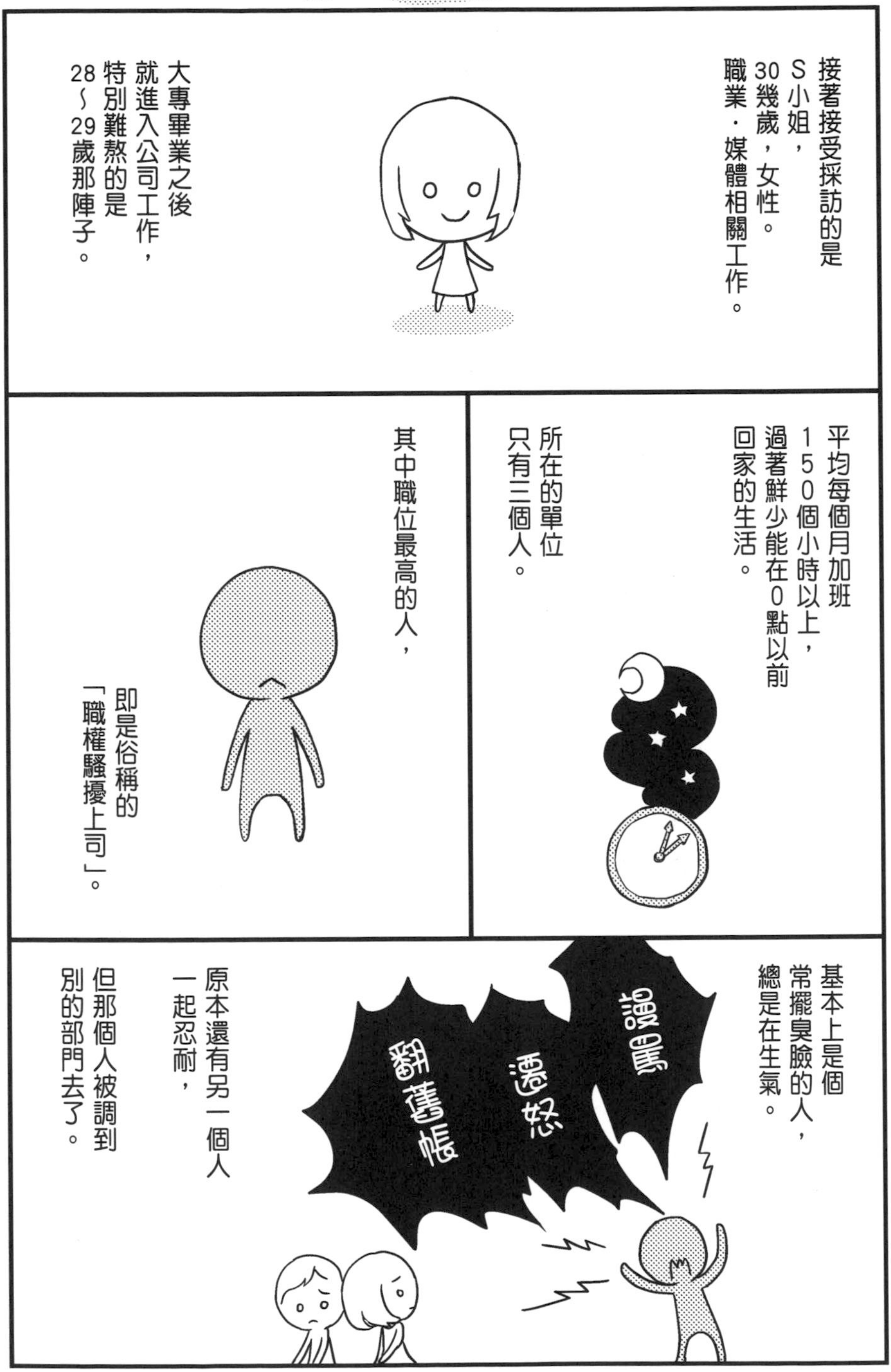
接著接受採訪的是
S小姐，
30幾歲，女性。
職業．媒體相關工作。
大專畢業之後
就進入公司工作，
特別難熬的是
28～29歲那陣子。
平均每個月加班
150個小時以上，
過著鮮少能在0點以前
回家的生活。
所在的單位
只有三個人。
其中職位最高的人，
即是俗稱的
「職權騷擾上司」。
基本上是個
常擺臭臉的人，
總是在生氣。
謾罵
遷怒
翻舊帳
原本還有另一個人
一起忍耐，
但那個人被調到
別的部門去了。

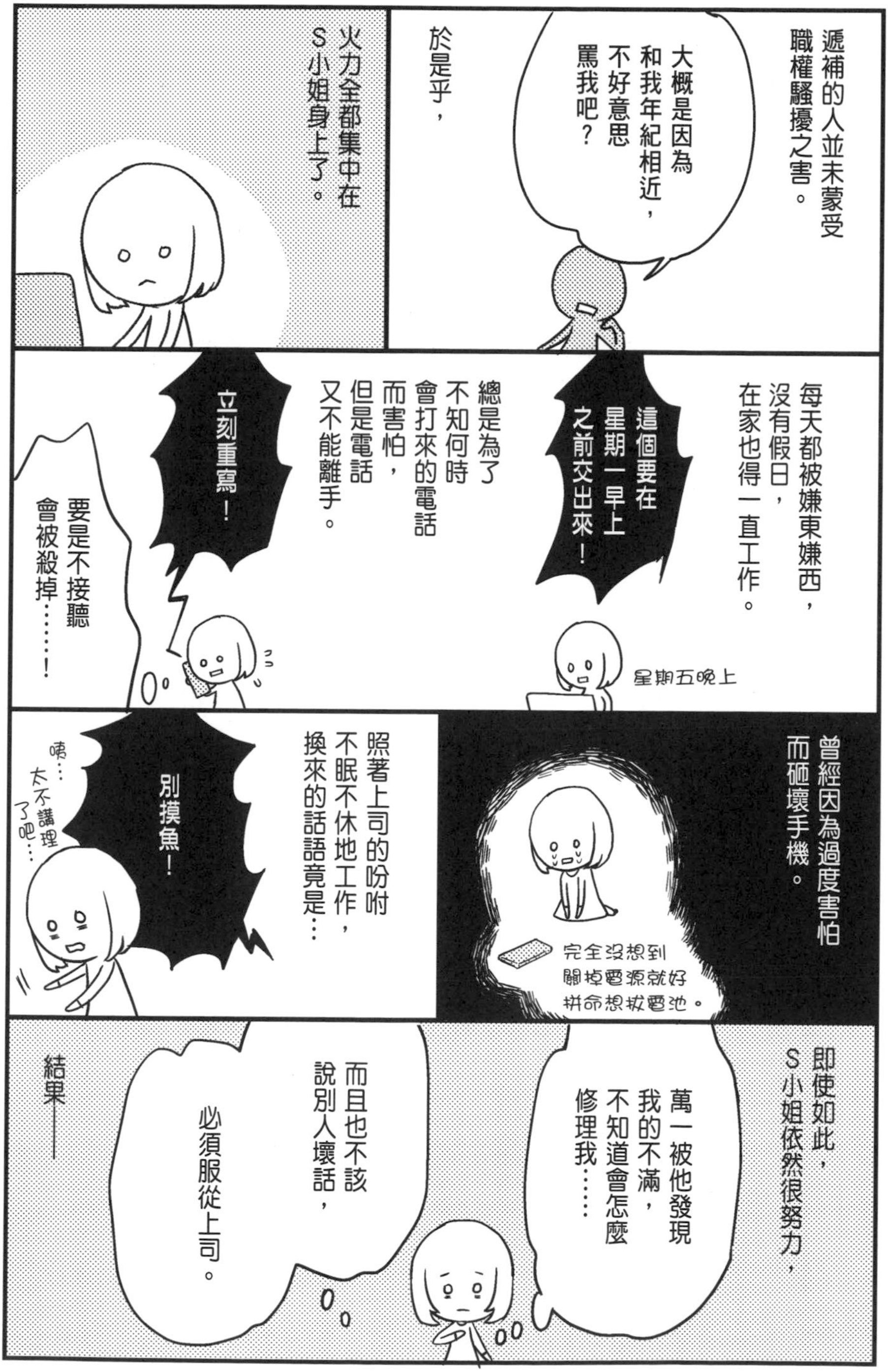

遞補的人並未蒙受職權騷擾之害。
大概是因為和我年紀相近，不好意思罵我吧？
於是乎，
火力全都集中在S小姐身上了。
每天都被嫌東嫌西，沒有假日，在家也得一直工作。
這個要在星期一早上之前交出來！
星期五晚上
總是為了不知何時會打來的電話而害怕，但是電話又不能離手。
立刻重寫！
要是不接聽會被殺掉……！
曾經因為過度害怕而砸壞手機。
完全沒想到關掉電源就好拼命想拔電池。
照著上司的吩咐不眠不休地工作，換來的話語竟是…
別摸魚！
嘖…太不講理了吧…
即使如此，S小姐依然很努力，
萬一被他發現我的不滿，不知道會怎麼修理我……
而且也不該說別人壞話，
必須服從上司。
結果——

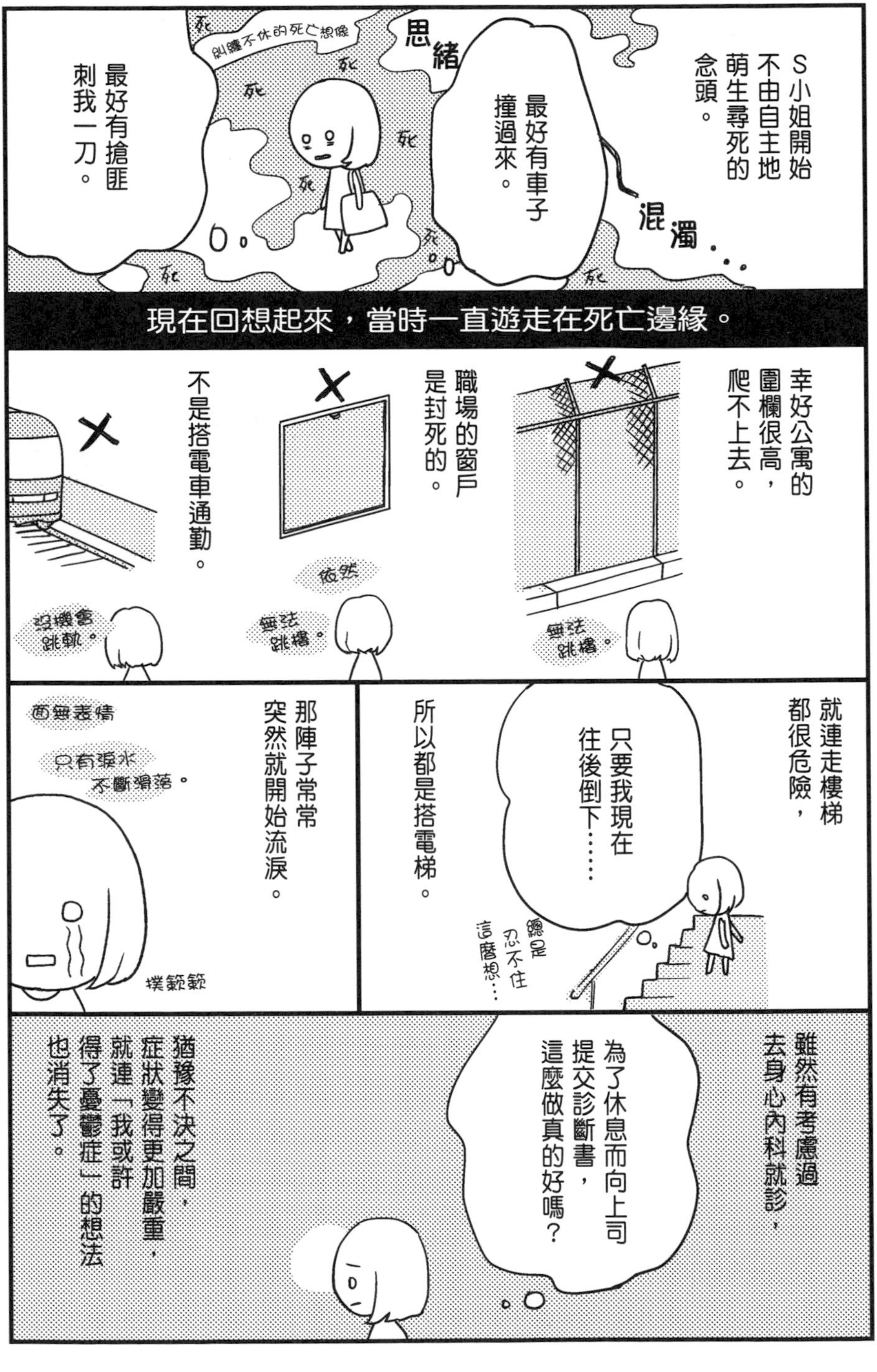
S小姐開始不由自主地萌生尋死的念頭。
思緒
混濁…
最好有車子撞過來。
糾纏不休的死亡想像
死
最好有搶匪刺我一刀。
現在回想起來，當時一直遊走在死亡邊緣。
幸好公寓的圍欄很高，爬不上去。
無法跳樓。
職場的窗戶是封死的。
依然
無法跳樓。
不是搭電車通勤。
沒機會跳軌。
就連走樓梯都很危險，
只要我現在往後倒下……
總是忍不住這麼想……
所以都是搭電梯。
那陣子常常突然就開始流淚。
面無表情
只有淚水不斷滑落。
撲簌簌
雖然有考慮過去身心內科就診，
為了休息而向上司提交診斷書，這麼做真的好嗎？
猶豫不決之間，症狀變得更加嚴重，就連「我或許得了憂鬱症」的想法也消失了。

有一次難得沒有工作，可以和家人共度假日。
職權騷擾電話
母親
撲簌簌——'''
……妳要不要辭職啊？
母親
之後又發生了類似的事，
妳真的該考慮一下。
母親
……的確，再這樣下去真的會死。
我已經受夠這種人生了。
我的身體已經撐不住了，想要辭職。
上頭的人終於採取行動，替S小姐換了單位。
照自己的步調慢慢工作就好了。
上司
精神上獲得了解脫，
可是身體上的症狀卻變得更加嚴重，
只好去專治疲勞的醫院就診。

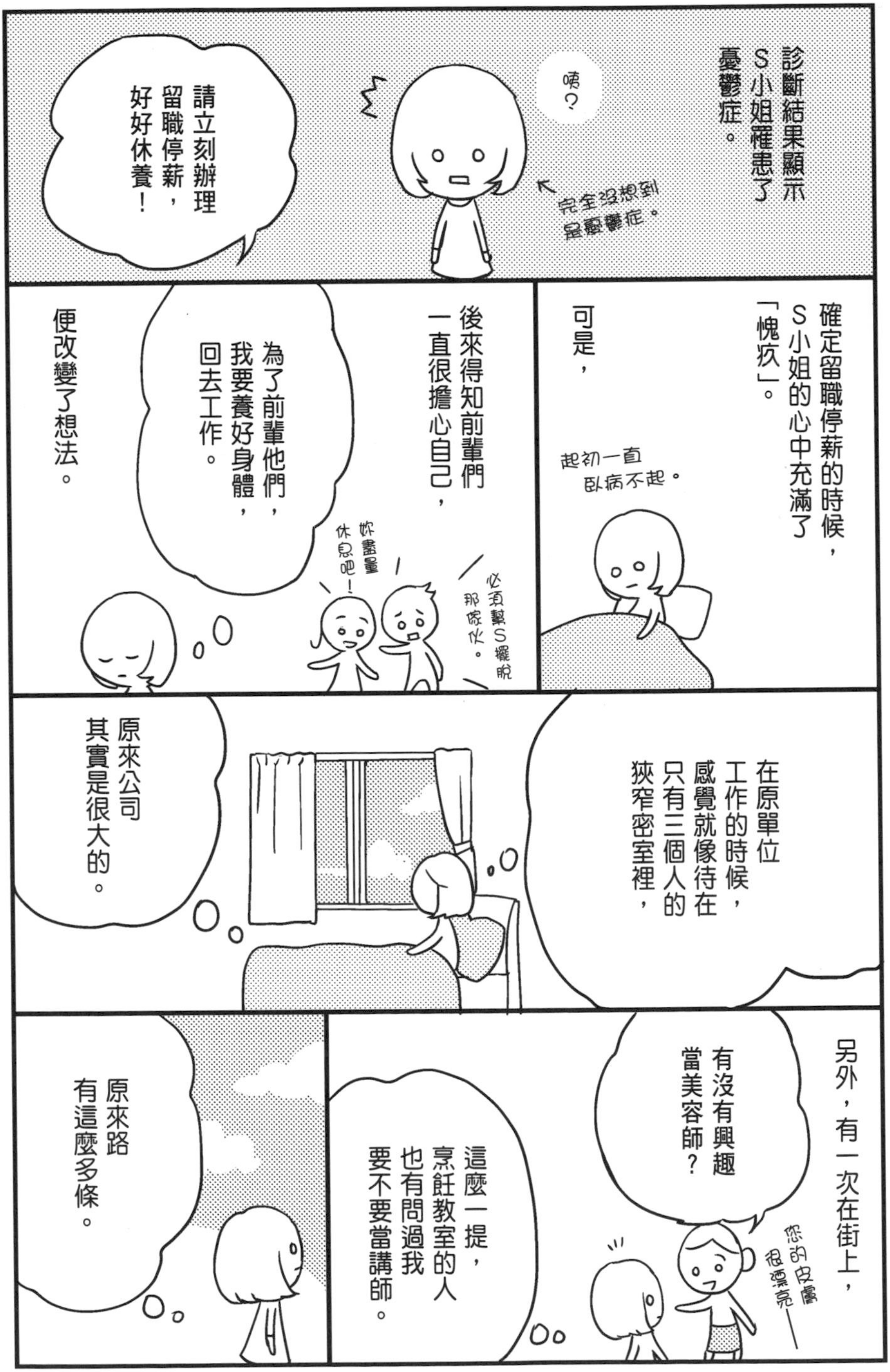
診斷結果顯示S小姐罹患了憂鬱症。
咦？
完全沒想到是憂鬱症。
請立刻辦理留職停薪，好好休養！
確定留職停薪的時候，S小姐的心中充滿了「愧疚」。
起初一直臥病不起。
可是，
後來得知前輩們一直很擔心自己，
必須幫S擺脫那傢伙。
妳盡量休息吧！
為了前輩他們，我要養好身體，回去工作。
便改變了想法。
在原單位工作的時候，感覺就像待在只有三個人的狹窄密室裡，
原來公司其實是很大的。
另外，有一次在街上，
您的皮膚很漂亮——
有沒有興趣當美容師？
這麼一提，烹飪教室的人也有問過我要不要當講師。
原來路有這麼多條。

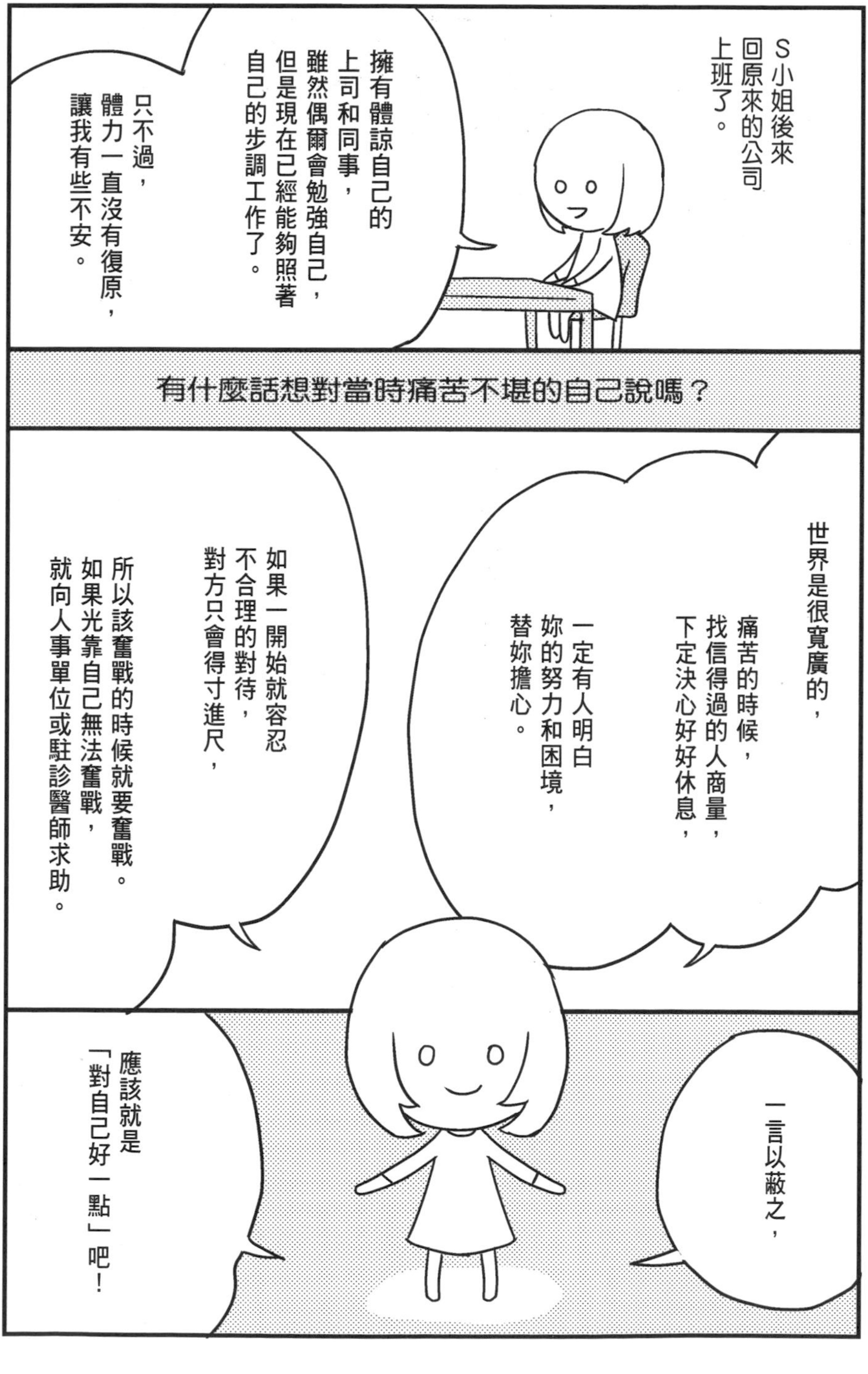
S小姐後來回原來的公司上班了。
擁有體諒自己的上司和同事，雖然偶爾會勉強自己，但是現在已經能夠照著自己的步調工作了。
只不過，體力一直沒有復原，讓我有些不安。
有什麼話想對當時痛苦不堪的自己說嗎？
世界是很寬廣的，痛苦的時候，找信得過的人商量，下定決心好好休息，一定有人明白妳的努力和困境，替妳擔心。
如果一開始就容忍不合理的對待，對方只會得寸進尺，所以該奮戰的時候就要奮戰。如果光靠自己無法奮戰，就向人事單位或駐診醫師求助。
一言以蔽之，
應該就是「對自己好一點」吧！

Q 我勸在血汗企業工作的家人辭職，可是他不聽我的勸。我該怎麼辦？

A

「再這樣下去，會發生無可挽回的事！快辭職！」

我不建議您這麼說。

無論旁人看來多麼辛苦，或許當事人非常熱愛他的工作，也樂在其中。

家人只看得見當事人在家時的模樣。

不知道他在職場是什麼狀況，卻劈頭就要他「辭職」，或許會讓他覺得「家人完全不了解我」，反而剝奪了家庭這個歸宿。

說歸說，如果家人出現異狀卻完全置之不理，也不是個好辦法。萬一他罹患了重度憂鬱症，或是發生了什麼無可挽回

的事，可就後悔莫及了。

在這種時候，**我最推薦家人採取的方法，就是「傾聽」**。

人無論處於何種狀況，只要有人傾聽，就能夠獲得心靈上的慰藉。

只不過，有時候就算詢問「最近公司的情況怎麼樣？」「在學校裡過得如何？」對方也不會明確地回答。

在這種時候，就算只是「一起吃飯」，甚至什麼都不做，只是「陪在他身旁」也無妨。

只要在一起，就能給予對方足夠的慰藉了。

還有，說話的時候要注意別過度誘導對方。

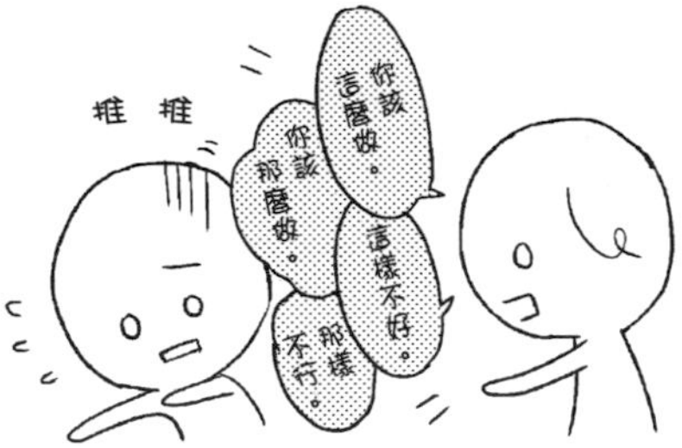
你該這麼做。
你該那麼做。
這樣不好。
那樣不行。
推 推

「你還是乾脆辭掉工作吧？」
「你最好休息一陣子。」
「快去看身心內科！」
「去精神科診所檢查看看！」

若是使用這種逼迫的語氣說話，反而可能造成對方的壓力或是使對方反彈，拒絕溝通。

當您和對方說話時，

「你的工作很辛苦吧……!?　要是我，搞不好會請假……!?」

「你的工作這麼累，要是換成我，一定早就向身心內科報到了……！　不要緊吧……!?」

諸如此類，盡量秉持著「要是我」的態度，體諒對方的心情，委婉地傳達自己的想法。

這麼一來，對方也會驚覺「啊，原來還有這種選擇」。

當然，像118頁的「Y先生的情況」的爸爸那樣，遇上「再這樣下去兒子會死掉！」的緊急狀況時，周圍就必須採取積極的行動了。

無論如何，如果有家人在血汗企業工作，盡量撥出時間陪伴他，了解他置身於何種狀況之中，是很重要的。

Q 我很痛苦，想辭掉工作，可是家人不諒解。我該怎麼辦？

A

不要過度期待家人的諒解。

都是一家人，難免會希望對方多體諒自己。不過，若是過度期待「家人的諒解」，或許會因為期待與現實落差太大而造成心靈的疲憊。

在這個世界上，的確有非常體諒自己，在工作上也會設身處地替自己著想的父母或兄弟姊妹。

當您因為憂鬱症或過勞而痛苦時，如果家人可以依靠，當然該向家人求助。給家人添麻煩也無妨，把自己的身心擺在第一位吧！

不過，因為過勞而身心俱疲，和父母商量辭職的時候，「工作辛苦是正常的，忍耐點，繼續努力吧！」

不但無法體諒，反而說這種話的家人也不在少數。

在這種時候，我們必須要知道一件事：「人無法完全了解別人。」

家人需要有多麼了解您，您才會滿足？

如果您追求的是「了解自己的痛苦，並給予適當的鼓勵與建議」，就算是家人，也很難做到的。

易地而處，如果您的家人懷有同樣的煩惱，您能夠同樣「體諒」對方嗎？

連自己都難以做到的事，卻要求家人做到未免太嚴苛了。

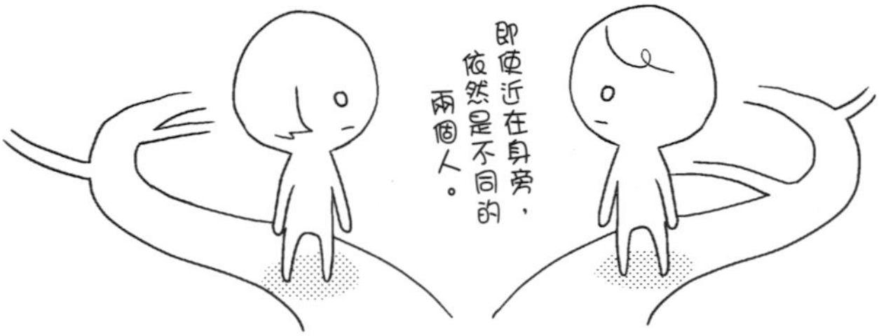
即使近在身旁，
依然是不同的
兩個人。

精神科醫生阿德勒提倡的「阿德勒心理學」中有個觀念，叫做「課題分離」。

他認為人應該要「將自己與他人的課題分離開來」，簡單地說，就是別去操控他人、要他人順著自己的心意行動，或是承擔他人的人生。

雖然是家人，依然是和自己不同的人，是他人。因此不該把「了解自己」當成重要條件。

只要他們「願意聆聽您訴說工作或現在的狀態」，那就夠了。

如果家人「完全不肯聆聽」，或許是他們也沒有多餘的心力聆聽。

即使遇上這種情況，也不必認定「自己沒有好家人」。

這麼想，反而會讓自己的心情更加消沉。

無論家人能否依靠，說白了，能夠完全理解您的心情的，只有您一人。

有時候，或許「連自己都不明白自己的心情」，**但是在這個世界上，最理解您的終究還是您自己**。

請別忘記這件事。

首先，您必須自行判斷「現在的精神狀態能否繼續承受」。

如果結論是該前往精神科診所就診或休息，就這麼辦吧！

並把您的「決定」告知家人。

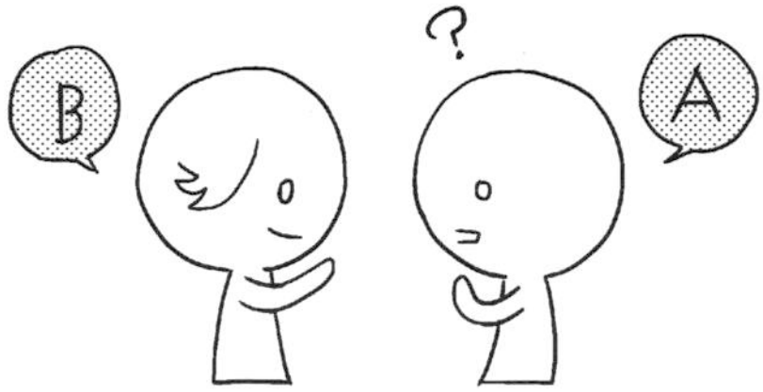

或許家人的反應是負面的，或是不符合您的期待。

在這種時候，就這麼想吧！「站在家人的立場，這種反應是難免的。」

用不著覺得「連家人都不體諒我，我沒救了！」，把事情想得更糟。

若您無法客觀判斷自己的狀態，不妨問問家人：

「我現在處於這種狀況，你覺得我該怎麼辦？」

這種時候，或許您會得到與想像中截然不同的答案。您可以將其視為「站在家人觀點的另一種看法」，當作參考。

如果家人可以給您幫助，就向家人求助。如果家人不能給您幫助，就別寄予過大的期待，自行判斷。

到頭來，「自己還是要靠自己保護」。

附錄 出國時遇上的事

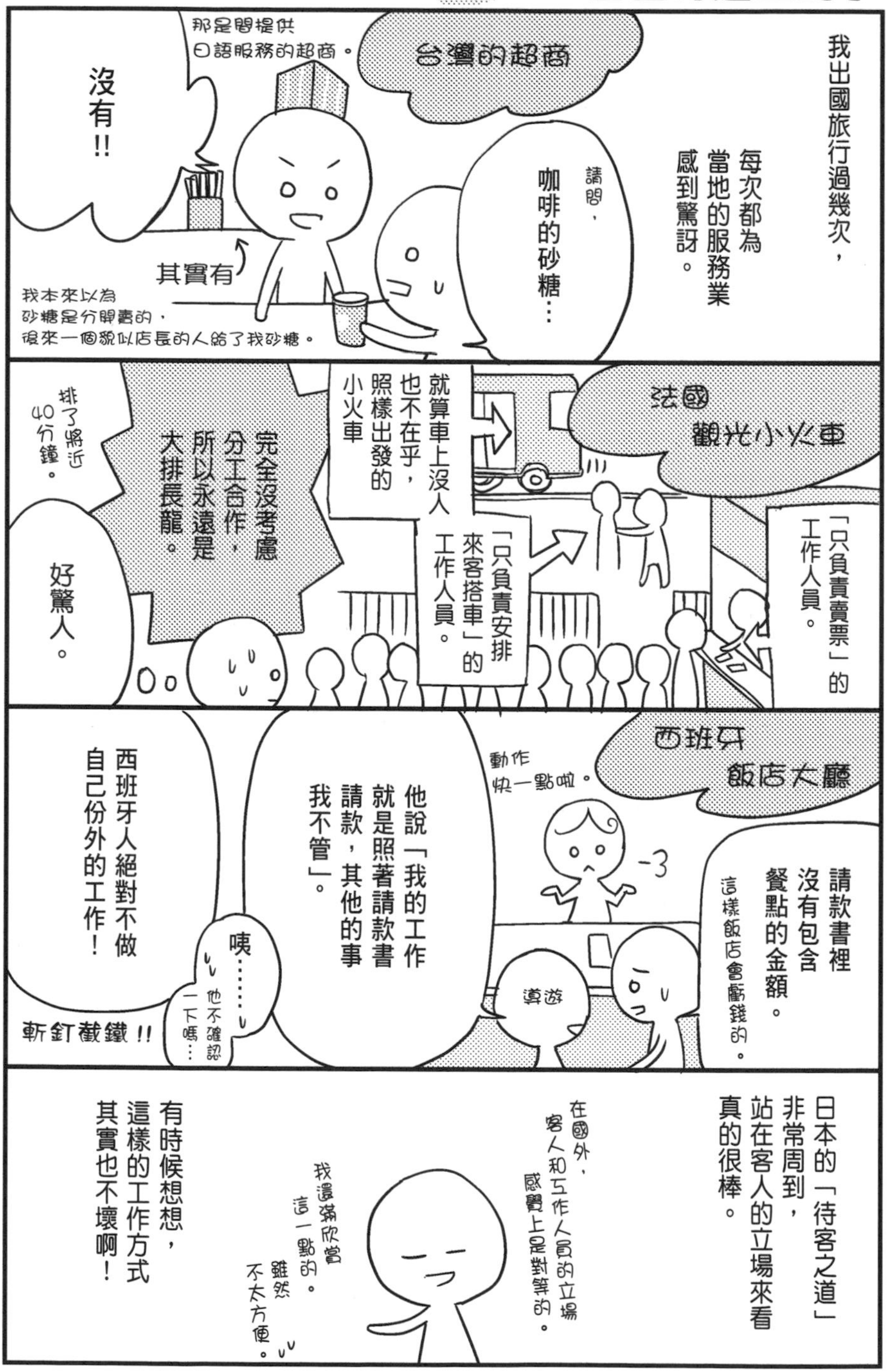
我出國旅行過幾次，
每次都為當地的服務業感到驚訝。
台灣的超商
請問，
咖啡的砂糖…
沒有!!
那是間提供日語服務的超商。
其實有
我本來以為砂糖是分開賣的，後來一個貌似店長的人給了我砂糖。
法國
觀光小火車
「只負責賣票」的工作人員。
就算車上沒人也不在乎，照樣出發的小火車
「只負責安排來客搭車」的工作人員。
完全沒考慮分工合作，所以永遠是大排長龍。
排了將近40分鐘。
好驚人。
西班牙
飯店大廳
請款書裡沒有包含餐點的金額。
這樣飯店會虧錢的。
動作快一點啦。
導遊
他說「我的工作就是照著請款書請款，其他的事我不管」。
咦……
他不確認一下嗎…
西班牙人絕對不做自己份外的工作！
斬釘截鐵!!
日本的「待客之道」非常周到，站在客人的立場來看真的很棒。
在國外，客人和工作人員的立場感覺上是對等的。
我還滿欣賞這一點的。
雖然不太方便。
有時候想想，這樣的工作方式其實也不壞啊！

最終章

給犧牲自己，過度努力的人

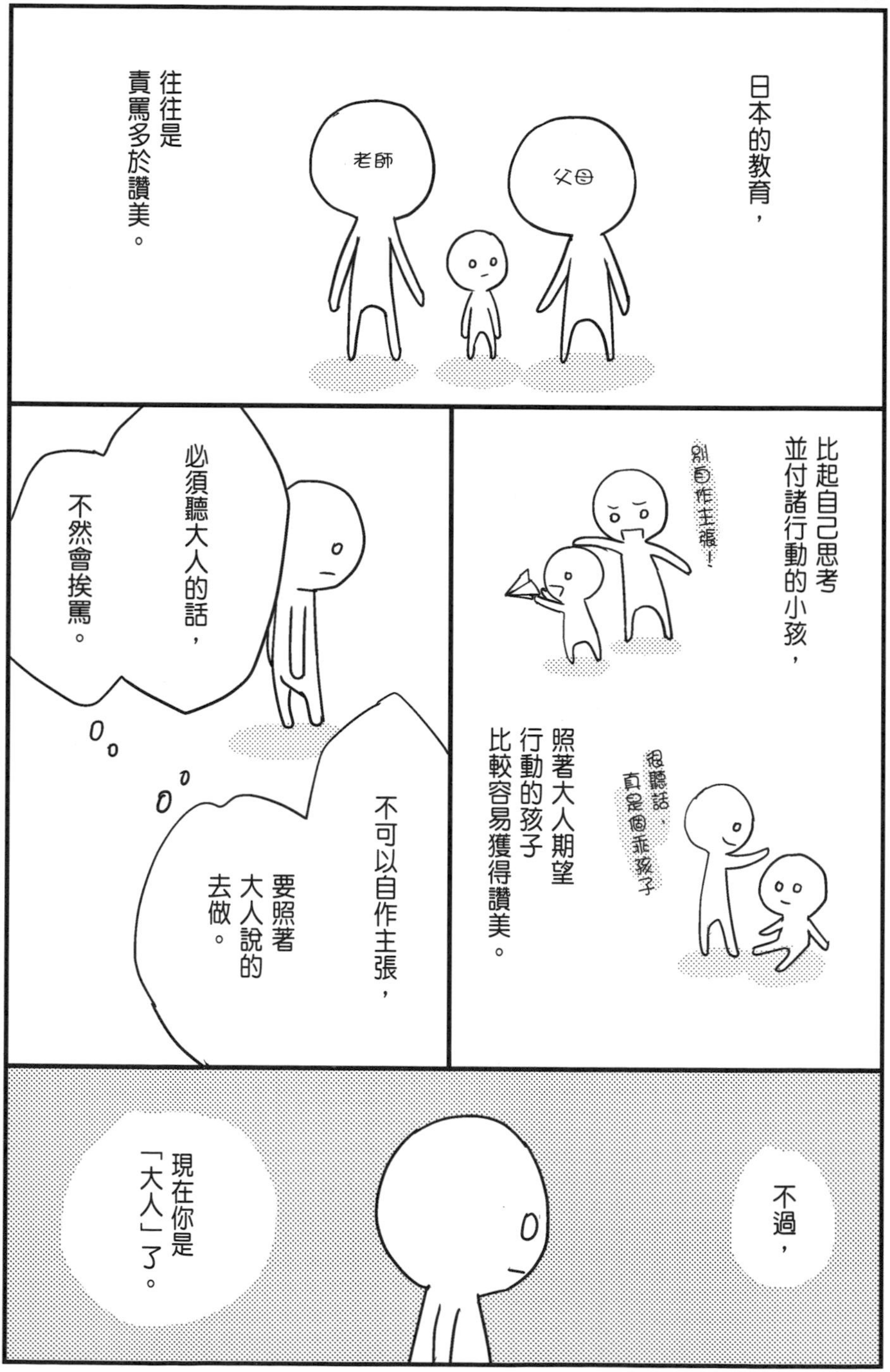
日本的教育，
父母
老師
往往是責罵多於讚美。
比起自己思考並付諸行動的小孩，
別自作主張！
照著大人期望行動的孩子比較容易獲得讚美。
很聽話，真是個乖孩子
必須聽大人的話，不然會挨罵。
不可以自作主張，要照著大人說的去做。
不過，
現在你是「大人」了。

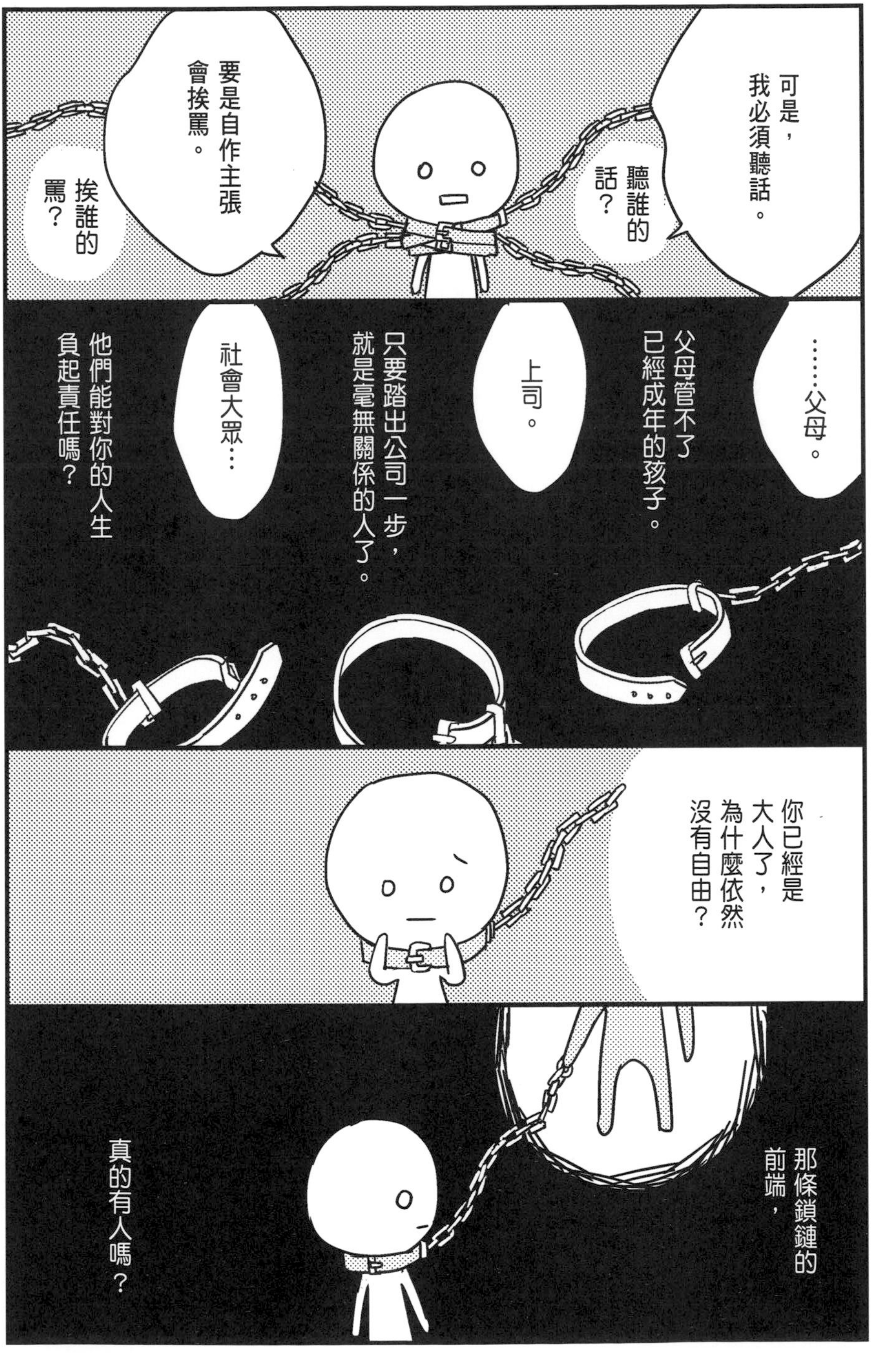
可是，我必須聽話。
聽誰的話？
要是自作主張會挨罵。
挨誰的罵？
……父母。
父母管不了已經成年的孩子。
上司。
只要踏出公司一步，就是毫無關係的人了。
社會大眾…
他們能對你的人生負起責任嗎？
你已經是大人了，為什麼依然沒有自由？
那條鎖鏈的前端，
真的有人嗎？

辭掉血汗企業的工作！①

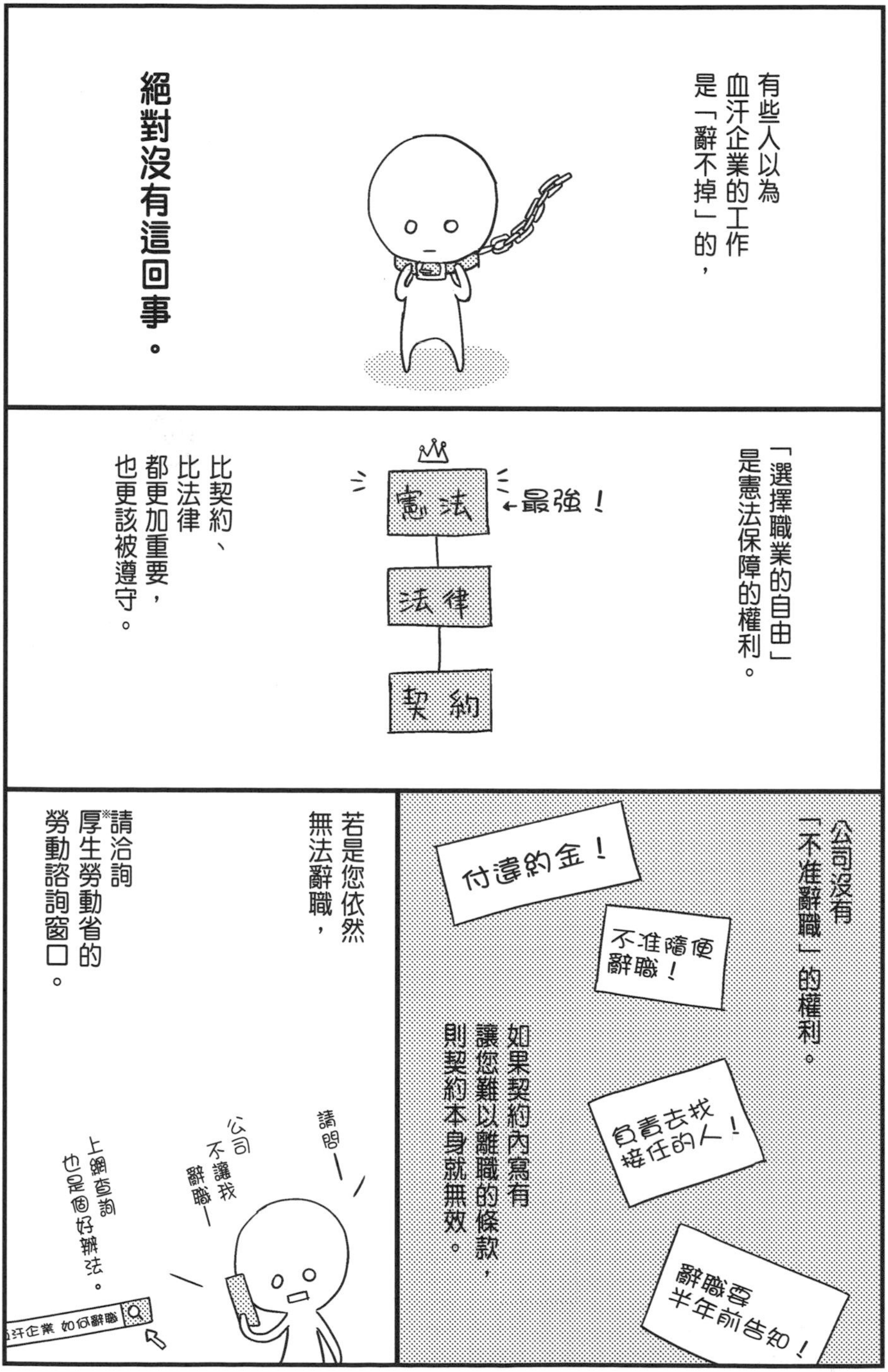

有些人以為血汗企業的工作是「辭不掉」的，
絕對沒有這回事。
「選擇職業的自由」是憲法保障的權利。
憲法
←最強！
法律
契約
比契約、比法律都更加重要，也更該被遵守。
公司沒有「不准辭職」的權利。
付違約金！
不准隨便辭職！
負責去找接任的人！
辭職要半年前告知！
如果契約內寫有讓您難以離職的條款，則契約本身就無效。
若是您依然無法辭職，
請洽詢※厚生勞動省的勞動諮詢窗口。
請問—
公司不讓我辭職—
上網查詢也是個好辦法。
汗企業 如何辭職

※編註：此處指日本方面。

離職最理想的
狀態是，
「好聚好散」。
跟上司商量，
決定離職日，
交接，
辦理事務手續，
道別……
我想要離職。
行事曆
文件
感謝您的照顧。
但是血汗企業就是做不到這一點，所以才血汗……
如果按部就班
很難辭職的話，
這個和那個都要交接!!
這份工作做完之前不准離職！
就豁出去吧！
「不好散也無妨！」
一味在意好聚好散，
結果散不了，
可就本末倒置了。
都要辭職了，
公司變成怎樣
干我屁事。
抱著這樣的心態
離職吧！

辭掉血汗企業的工作！②

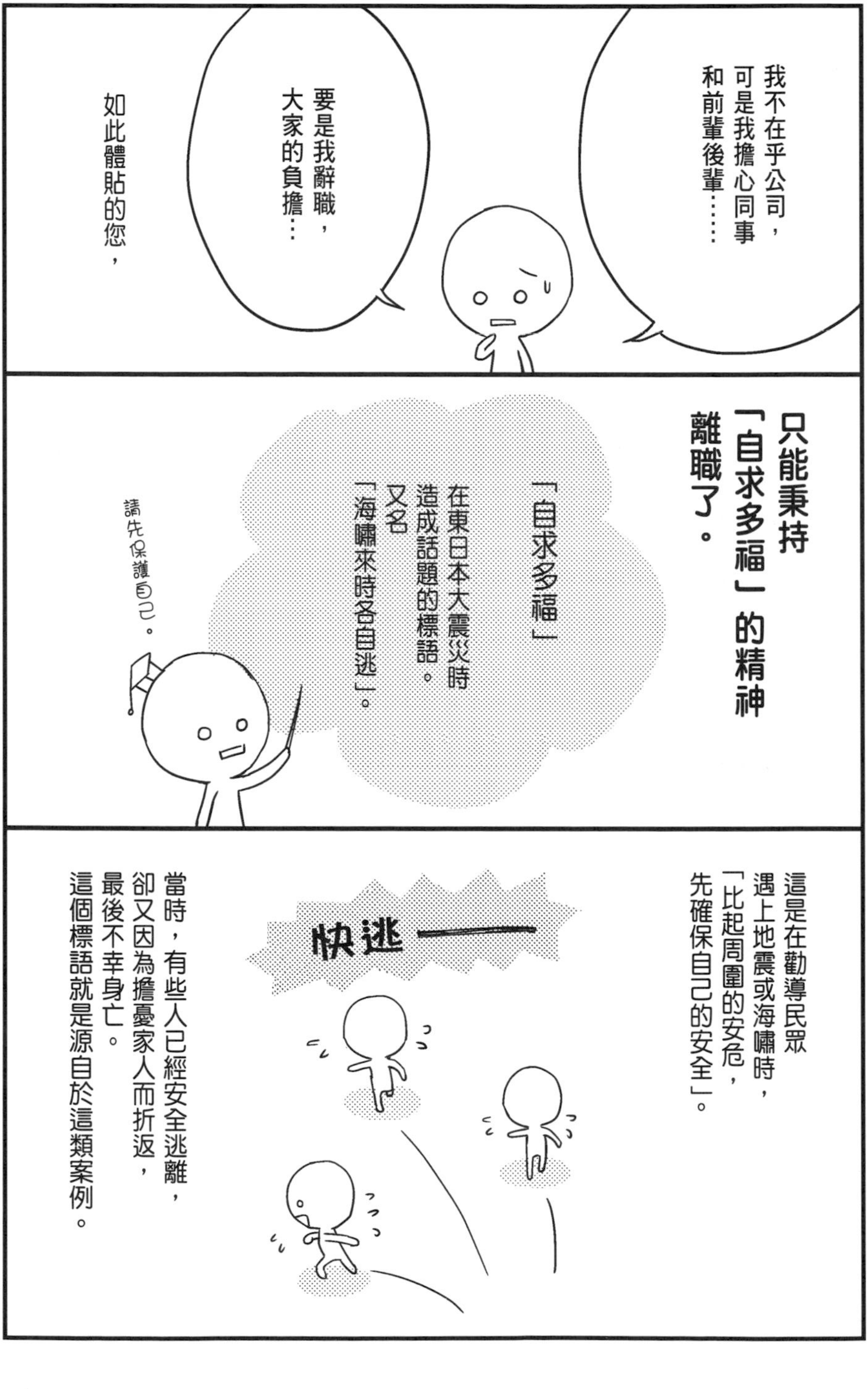

我不在乎公司，可是我擔心同事和前輩後輩……
要是我辭職，大家的負擔…
如此體貼的您，
只能秉持「自求多福」的精神離職了。
「自求多福」在東日本大震災時造成話題的標語。又名「海嘯來時各自逃」。
請先保護自己。
這是在勸導民眾遇上地震或海嘯時，「比起周圍的安危，先確保自己的安全」。
快逃——
當時，有些人已經安全逃離，卻又因為擔憂家人而折返，最後不幸身亡。這個標語就是源自於這類案例。

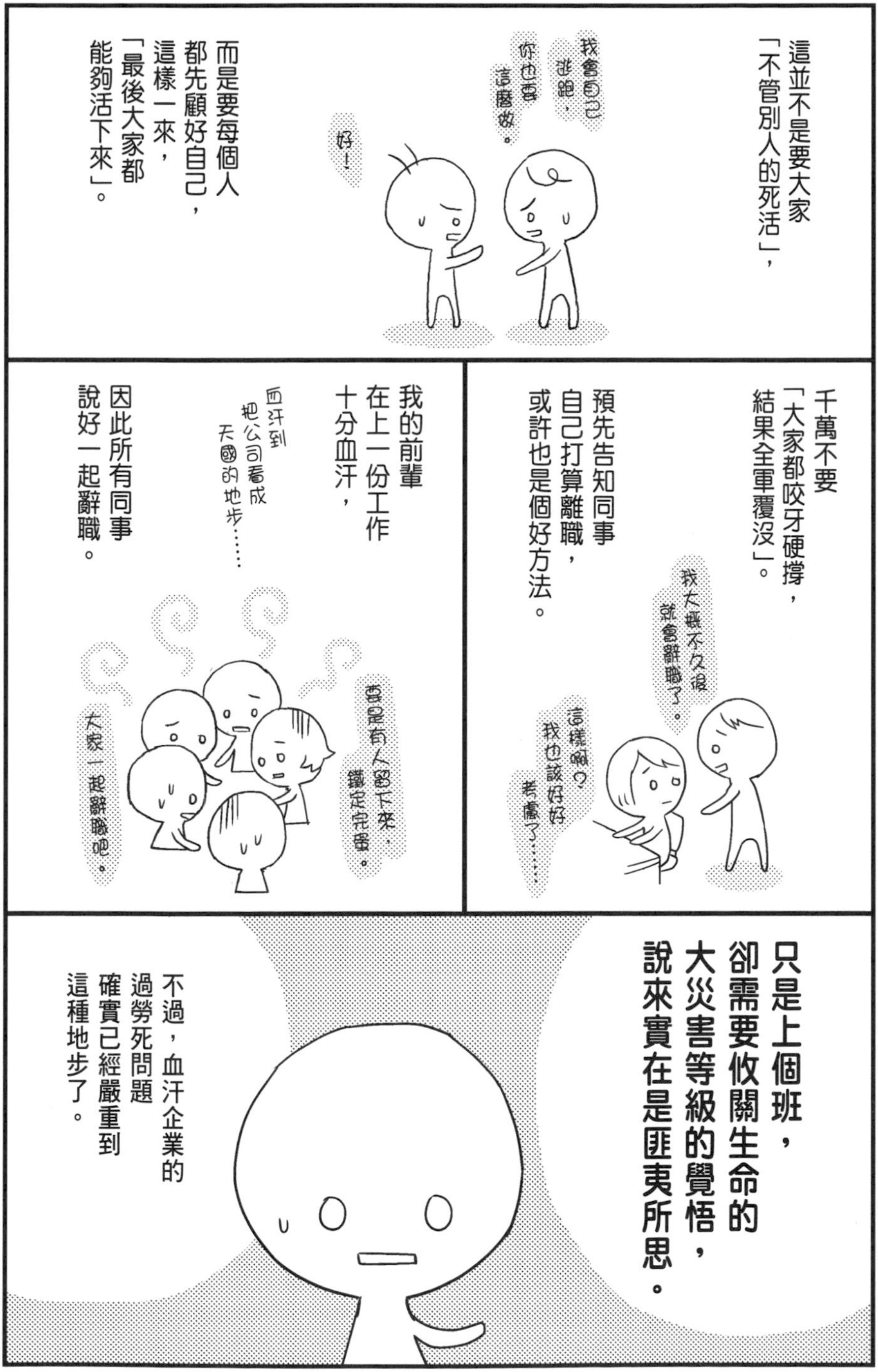
這並不是要大家
「不管別人的死活」，
我會自己逃跑，
你也要這麼做。
好！
而是要每個人
都先顧好自己，
這樣一來，
「最後大家都
能夠活下來」。
千萬不要
「大家都咬牙硬撐，
結果全軍覆沒」。
預先告知同事
自己打算離職，
或許也是個好方法。
我大概不久後
就會辭職了。
這樣啊？
我也該好好
考慮了……
我的前輩
在上一份工作
十分血汗，
血汗到
把公司看成
天國的地步……
因此所有同事
說好一起辭職。
要是有人留下來，
鐵定完蛋。
大家一起辭職吧。
只是上個班，
卻需要收關生命的
大災害等級的覺悟，
說來實在是匪夷所思。
不過，血汗企業的
過勞死問題
確實已經嚴重到
這種地步了。

代替後記①

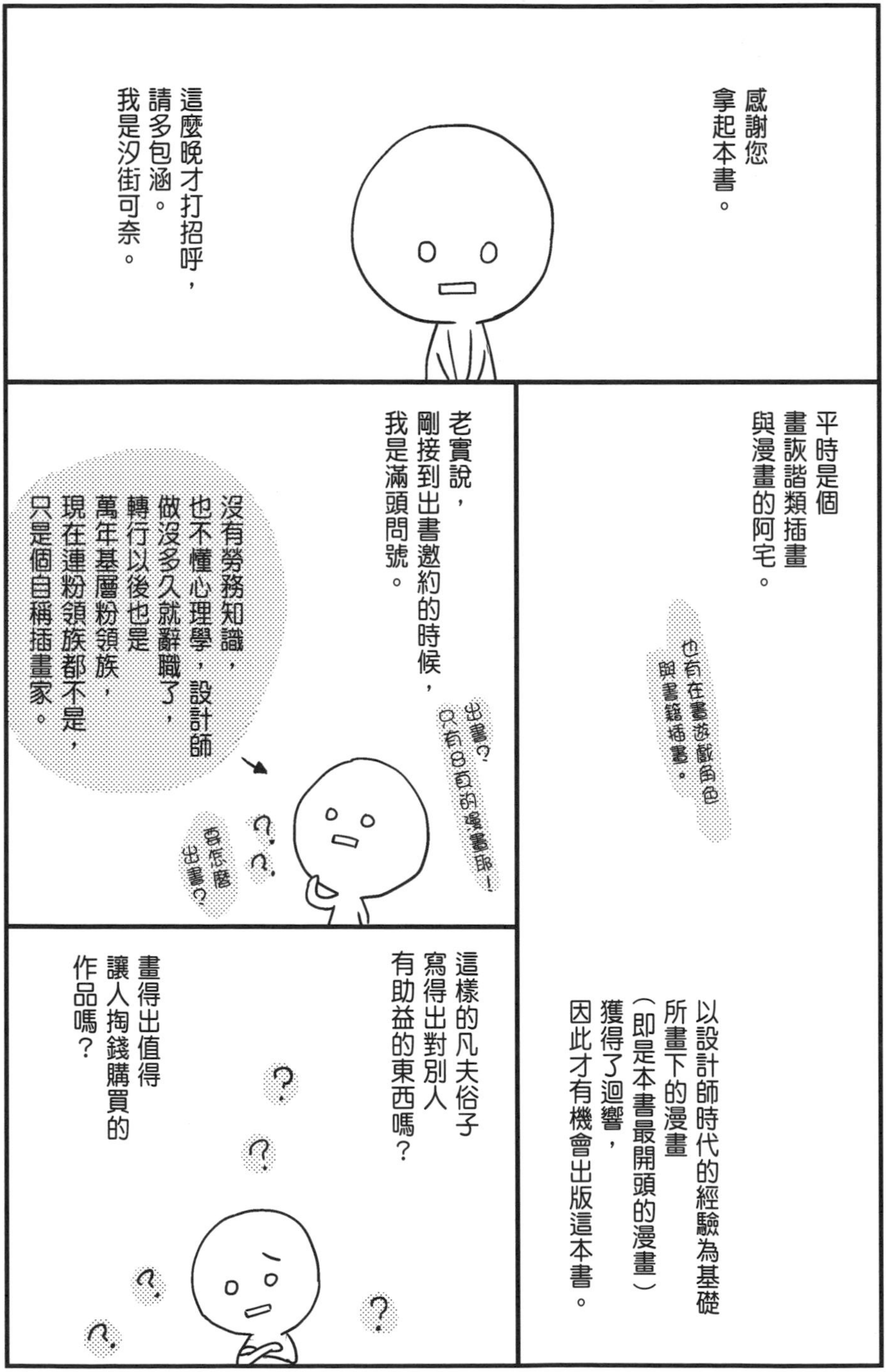
感謝您拿起本書。
這麼晚才打招呼，請多包涵。我是汐街可奈。
平時是個畫詼諧類插畫與漫畫的阿宅。
也有在畫遊戲角色與書籍插畫。
老實說，剛接到出書邀約的時候，我是滿頭問號。
出書？只有8頁的漫畫耶！
要怎麼出書？
沒有勞務知識，也不懂心理學，設計師做沒多久就辭職了，轉行以後也是萬年基層粉領族，現在連粉領族都不是，只是個自稱插畫家。
以設計師時代的經驗為基礎所畫下的漫畫（即是本書最開頭的漫畫）獲得了迴響，因此才有機會出版這本書。
這樣的凡夫俗子寫得出對別人有助益的東西嗎？
畫得出值得讓人掏錢購買的作品嗎？

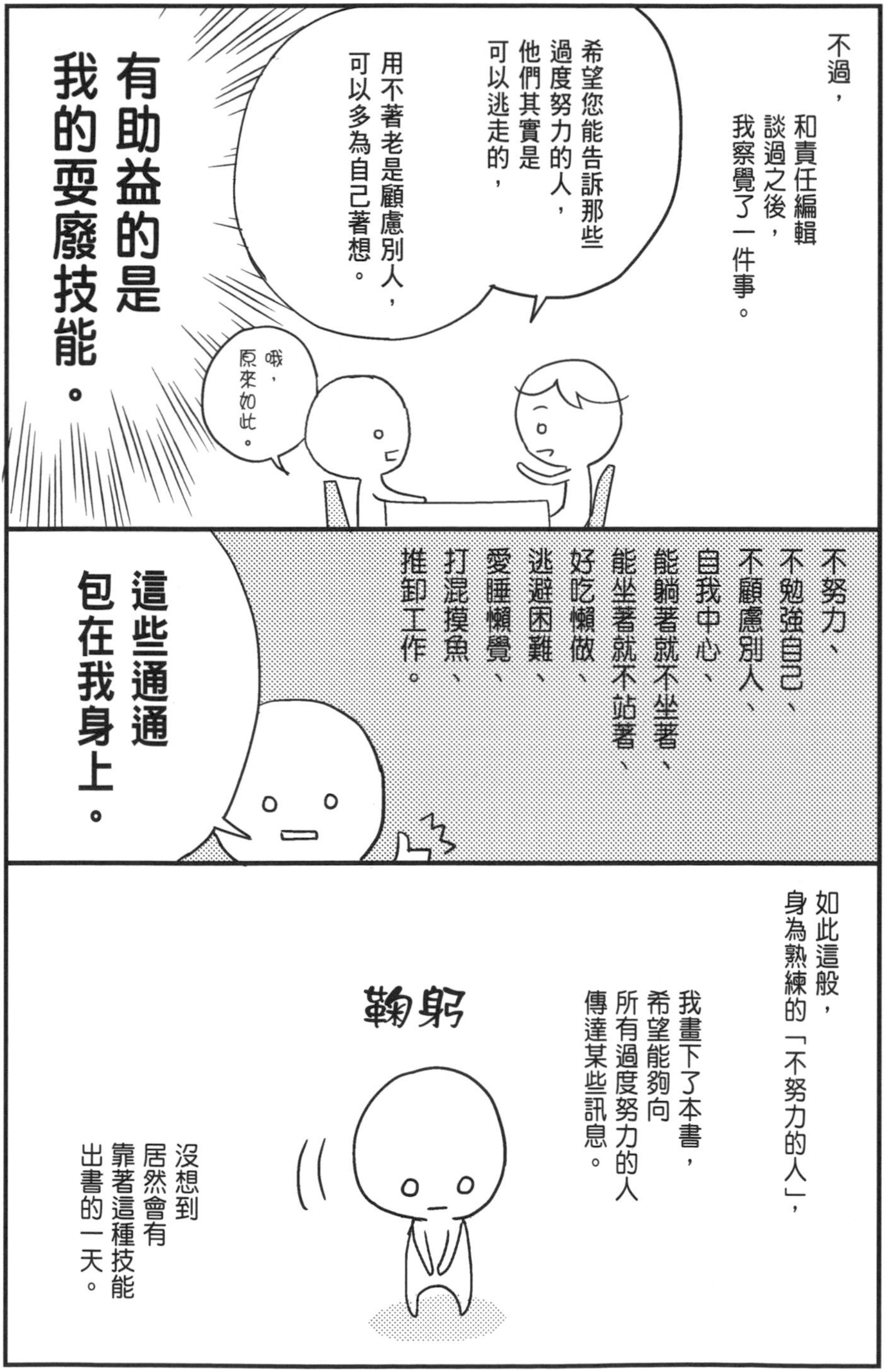

不過，
和責任編輯談過之後，我察覺了一件事。
希望您能告訴那些過度努力的人，他們其實是可以逃走的，用不著老是顧慮別人，可以多為自己著想。
哦，原來如此。
有助益的是我的耍廢技能。
不努力、不勉強自己、不顧慮別人、自我中心、能躺著就不坐著、能坐著就不站著、好吃懶做、逃避困難、愛睡懶覺、打混摸魚、推卸工作。
這些通通包在我身上。
如此這般，身為熟練的「不努力的人」，
我畫下了本書，希望能夠向所有過度努力的人傳達某些訊息。
鞠躬
沒想到居然會有靠著這種技能出書的一天。

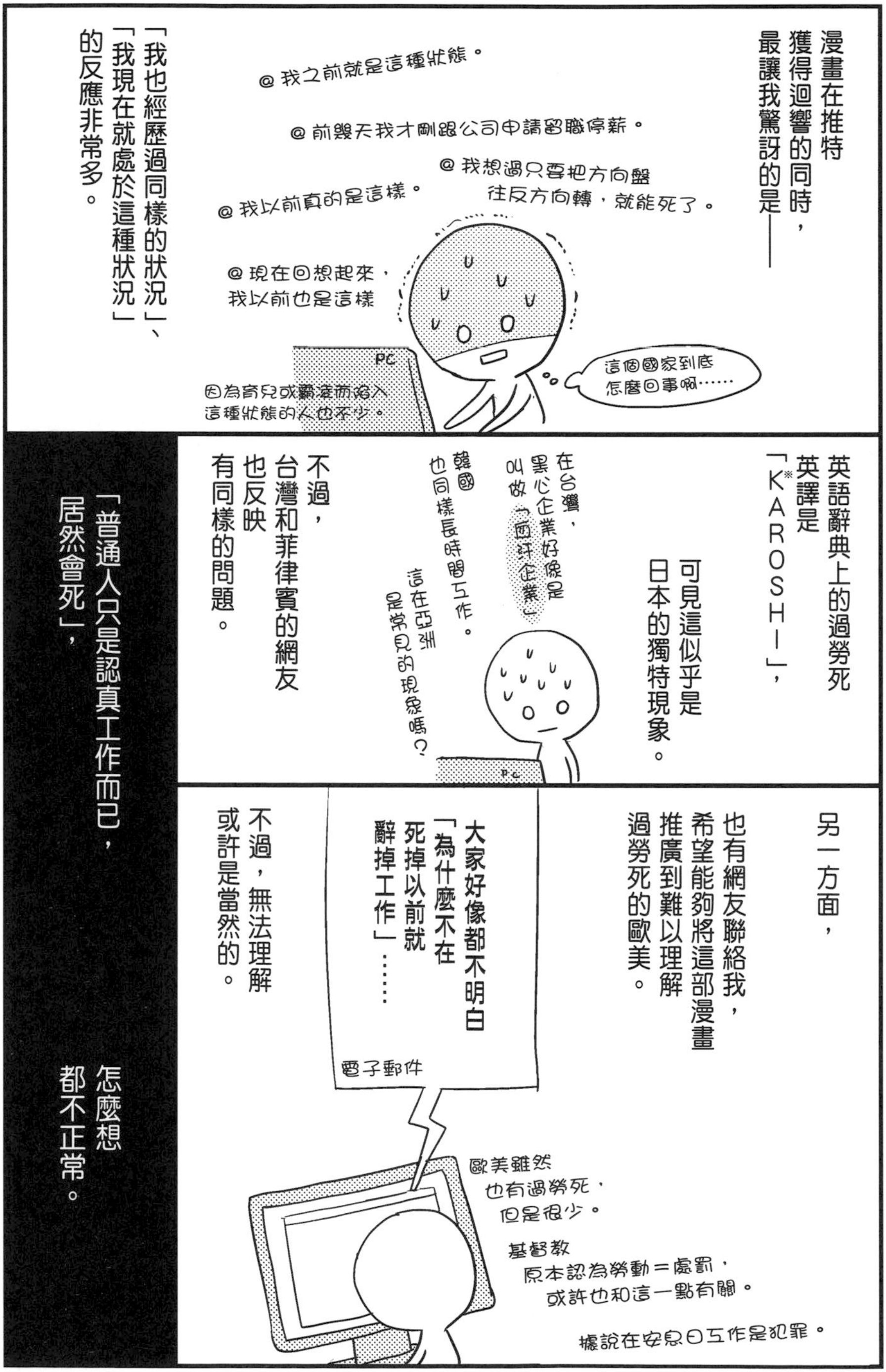

※編註：為日文過勞死的羅馬拼音。

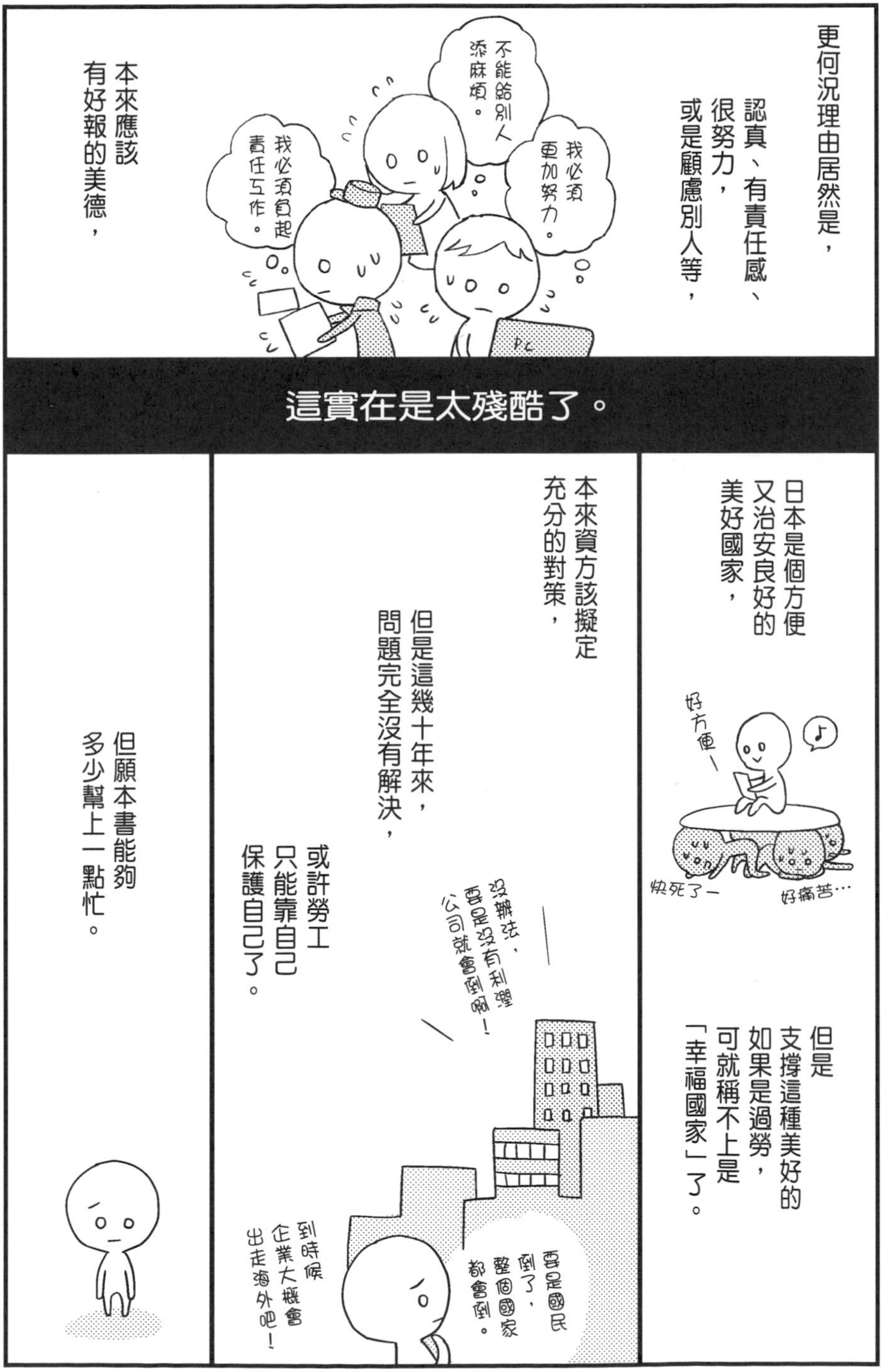
更何況理由居然是，
認真、有責任感、
很努力，
或是顧慮別人等，
不能給別人添麻煩。
我必須更加努力。
我必須負起責任工作。
本來應該有好報的美德，
這實在是太殘酷了。
日本是個方便又治安良好的美好國家，
好方便—
快死了—
好痛苦…
但是支撐這種美好的如果是過勞，可就稱不上是「幸福國家」了。
本來資方該擬定充分的對策，
但是這幾十年來，問題完全沒有解決，
或許勞工只能靠自己保護自己了。
沒辦法，要是沒有利潤公司就會倒啊！
要是國民倒了，整個國家都會倒。
到時候企業大概會出走海外吧！
但願本書能夠多少幫上一點忙。

代替後記③

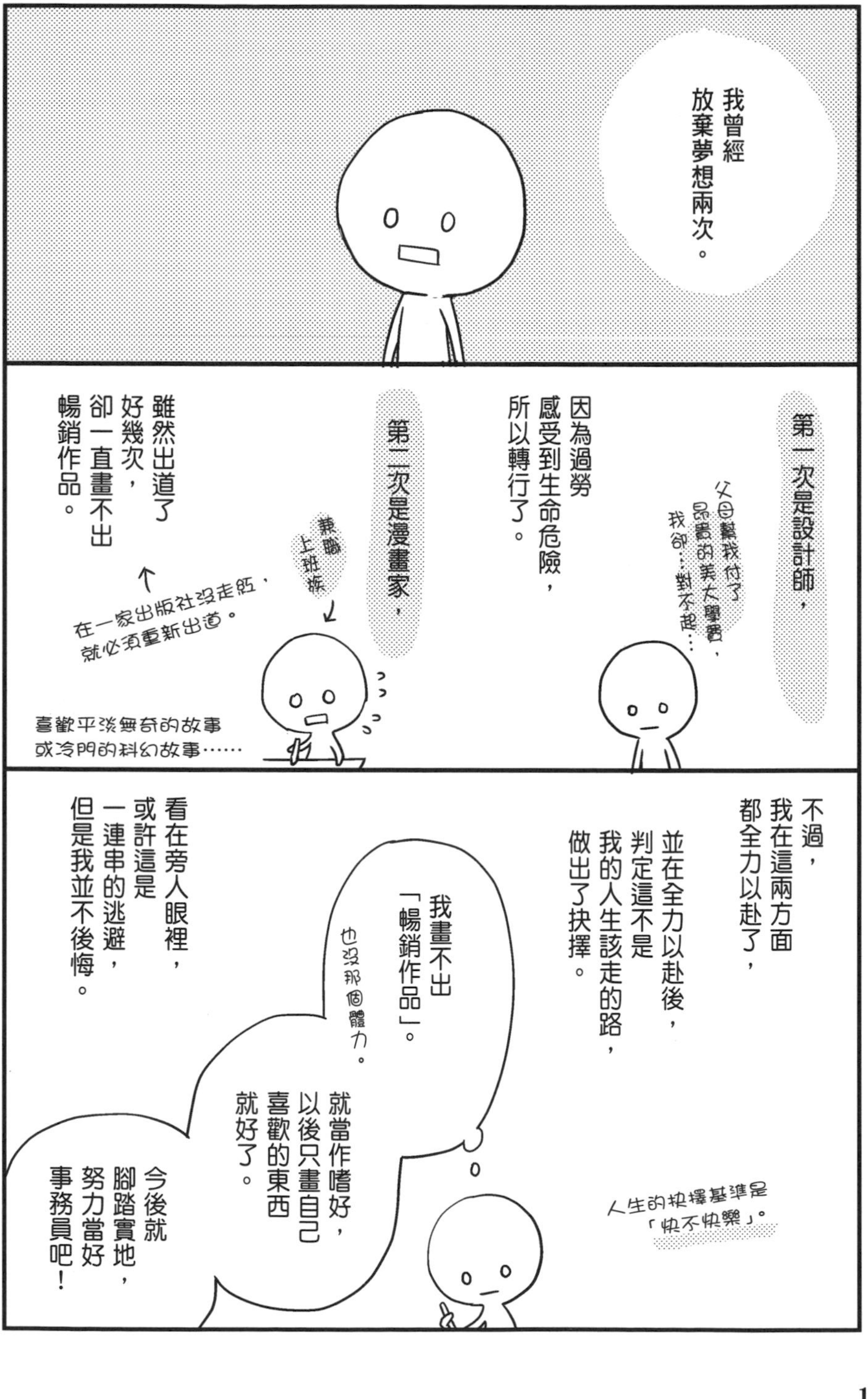
我曾經放棄夢想兩次。
第一次是設計師，
父母幫我付了昂貴的美大學費，我卻…對不起……
因為過勞感受到生命危險，所以轉行了。
第二次是漫畫家，
兼職上班族
雖然出道了好幾次，卻一直畫不出暢銷作品。
在一家出版社沒走紅，就必須重新出道。
喜歡平淡無奇的故事或冷門的科幻故事……
不過，我在這兩方面都全力以赴了，
並在全力以赴後，判定這不是我的人生該走的路，做出了抉擇。
我畫不出「暢銷作品」。
也沒那個體力。
就當作嗜好，以後只畫自己喜歡的東西就好了。
今後就腳踏實地，努力當好事務員吧！
看在旁人眼裡，或許這是一連串的逃避，但是我並不後悔。
人生的抉擇基準是「快不快樂」。

不過，人活著，就會遇上各式各樣的轉機。
丈夫調職
搬到地方都市
沒有出色的專長和學經歷
離職
入院手術
定期回診
有可能調職
嗚～～
沒有車子就什麼地方都去不了
到頭來，我剩下的專長只有多少會畫一點圖而已。
沒有自己的收入太可怕了，
還是想辦法靠畫畫賺錢吧！
結果又走回老路子。
就在這時候，那篇漫畫得到了意料之外的迴響。
迴響越大，代表痛苦的人越多，
所以並不是值得高興的事。
不過，「用漫畫打動許多人的心」這個夢想竟然以意料之外的形式實現了，
讓我深深地感受到，
原來條條大路通羅馬。

最後，要向監修、執筆的Yuuki醫生、給我出書機會的責任編輯、參與本書製作的各方人士、受訪的Y先生和S小姐、在推特閱讀我的漫畫的各位網友、在我痛苦時支持我的家人、朋友、前輩、同事，以及現在正在閱讀本書的您致上我的謝意。謝謝大家。

汐街可奈

解說

精神科醫生　Yu Yuuki

「好厲害！超級好懂！居然能用這麼簡單明瞭的方式描述因為過勞而罹患憂鬱症的人是什麼心情！」

當我在推特上傳定期發布的「漫畫心療系」圖檔時，拜讀了其他推友轉推的汐街老師的漫畫（亦即本書的序章），不禁大為震撼。

平時我是幾乎不轉推的，平均每一百年大概只轉推一次。對不起，這樣說太誇張了。

總之，平時幾乎不轉推的我竟然忍不住轉推了這篇漫畫，可見它帶給我的震撼有多大。

這篇漫畫在我的追蹤者之間也引起了莫大的迴響。

大概是因為我的追蹤者大多是「漫畫心療系」的讀者，對於心理方面的話題擁有強烈的興趣。

再加上漫畫的內容顯淺易懂，更容易引起大家的共鳴：「啊，和我很像！」「我也是這樣！」等等。

實際上，在診所看診時，有許多病患都這麼說過：

「有時候，腦子裡會突然閃過自殺的念頭。」

雖然並未付諸行動，卻一再想像自己死亡的樣子。

「想死」、「一了百了」的念頭，可說是憂鬱症的入口。沒有前往診所就診的人也可能有這樣的念頭，若是置之不理，搞不好會在一時衝動之下付諸行動。

因此，當您覺得「我現在的狀況好像很糟糕……？」的時候，勸您盡早就診。

此外，這篇漫畫也從當事人的觀點生動地描繪出「為什麼明明這麼想，卻逃不了？」的原因。不，用生動這個字眼來形容或許不太恰當，總之，描繪得非常明確。

也因此，才能帶給許多人勇氣：

「其實你是可以逃的。」

我很享受現在的工作，相信製作這部漫畫的汐街老師也是樂在工作之中。不過，我也經歷過痛苦的時期，我想汐街老師應該也一樣。

想必大家都有這種經驗吧！

因人、因時機而異，工作可能會變成極為痛苦的重擔。

在這種時候，「別把工作當成絕對性的痛苦」，請休息一陣子，換個工作，或是發揮創意，改變工作的方式。在您瀕臨崩潰邊緣，失去判斷力，認定「只能一了百了」之前，請試著採取行動。

相信這麼做，就能夠大大地改變您的每一天。

而當您閱讀本書，只要有任何符合您的現狀之處，請盡早休息，或是前往身心內科就診。

應該可以讓您變得輕鬆許多。

最後，要向有緣合作的汐街可奈老師，責任編輯，還有閱讀本書的各位讀者致上我的謝意。真的非常感謝各位。

人類越是疲憊，

就越是無法辭掉工作。

憂鬱症的徵兆之一，

就是認定自己的工作極為重要，

只要請假，

就會造成各種災難性的後果。

『羅素幸福論』（B. 羅素著，安藤貞雄譯，岩波文庫）

監修者

Yu Yuuki

精神科醫生・作家・漫畫原作。畢業於東京大學醫學系醫學科。
於從事醫師診療工作之餘發行訂閱人數達１６萬人的電子報「性感心理學」。
推特追蹤人數約４０萬人。
除了『抓住對方的心不放的心理戰術』（海龍社）等書籍以外，也擔任『漫畫心療系』、『漫畫教你如何改造肉體』、『漫畫教你如何受歡迎』、『大人的心理學』（以上皆為少年畫報社）等漫畫的原作，總發行冊數超過４００萬冊。
為Yu精神科診所・Yu皮膚科診所集團總院長。

上野分院	http://yucl.net/
池袋西口分院	http://yuk2.net/
新宿分院	http://yusn.net/
澀谷分院	http://yusb.net/
秋葉原分院	http://yakb.net/

●Twitter：https://twitter.com/sinrinet

作　者

汐街可奈（Shiomachi Kona）

曾任廣告製作公司的平面設計師，之後開始從事漫畫・插畫活動，
也做過封面設計、插畫及遊戲角色圖等工作。將設計師時代差點過勞自殺的經驗畫成漫畫，造成轟動，之後出版成書。
●http://shiokonako.wixsite.com/illust-home

歡迎讀者在推特分享本書的感想及「感動人心的話語」，如果能加上「＃死ぬ辞め」標籤，我會更開心的。
也歡迎讀者來信分享感想。
Email：henshubu@asa21.com
但願因為過勞或憂鬱症而喪命的人能夠變少。

生活休閒館

雖然痛苦到想死，卻無法辭職的理由

（原名：「死ぬくらいなら会社辞めれば」ができない理由）

著者／汐街可奈　監修／Yu Yuuki　譯者／王靜怡
執行長／陳君平　協理／洪琇菁
國際版權／黃令歡・梁名儀
執行編輯／羅怡芳　美術編輯／沙雲佩

榮譽發行人／黃鎮隆
法律顧問／王子文律師 元禾法律事務所 台北市羅斯福路三段37號15樓
出版／城邦文化事業股份有限公司 尖端出版
台北市中山區民生東路二段141號10樓
電話：（02）2500-7600 傳真：（02）2500-1974
E-mail：4th_department@mail2.spp.com.tw
發行／英屬蓋曼群島商家庭傳媒股份有限公司
城邦分公司 尖端出版
台北市中山區民生東路二段141號10樓
電話：（02）2500-7600 傳真：（02）2500-1974
讀者服務信箱E-mail：marketing@spp.com.tw
北中部經銷／楨彥有限公司
Tel:(02)8919-3369　Fax:(02)8914-5524
雲嘉經銷／智豐圖書股份有限公司　嘉義公司
Tel:(05)233-3852　Fax:(05)233-3863
南部經銷／智豐圖書股份有限公司　高雄公司
Tel:(07)373-0079　Fax:(07)373-0087
香港經銷／一代匯集香港九龍旺角塘尾道64號龍駒企業大廈10樓B&D室
Tel:(852)2783-8102　Fax:(852)2782-1529
馬新地區經銷／城邦（馬新）出版集團　Cite(M)Sdn.Bhd.(458372U)
Tel:(603)9057-8822　9056-3833
Fax:(603)9057-6622

2019年5月1版1刷
2022年3月1版5刷

"SHINUKURAINARA KAISHA YAMEREBA" GA DEKINAI WAKE
by Kona Shiomachi
Supervised by YuYuuki
Cover designed by Shinpachi Inoue

Original Japanese edition published by ASA Publishing Co., Ltd.
Traditional Chinese translation copyright © 2019 by Sharp Point Press,
a division of Cite Publishing Limited
This TraditionalChinese edition published by arrangement with
ASA Publishing Co., Ltd., Tokyo, through HonnoKizuna, Inc., Tokyo,
and Bardon Chinese Media Agency

郵購注意事項：
1.填妥劃撥單資料：帳號：50003021號　戶名：英屬蓋曼群島商家庭傳媒（股）公司城邦分公司。　2.通信欄內註明訂購書名與冊數。3.劃撥金額低於500元，請加附掛號郵資50元。如劃撥日起10～14日，仍未收到書時，請洽劃撥組。劃撥專線TEL：（03）312-4212・　FAX：（03）322-4621。